燕南园的星空

北京大学女诗人诗选

李少君/主编

国际文化出版公司
·北京·

图书在版编目（CIP）数据

燕南园的星空 / 李少君主编 . -- 北京 ：国际文化出版公司，2023.1
　ISBN 978-7-5125-1464-5

　Ⅰ . ①燕… Ⅱ . ①李… Ⅲ . ①诗集－中国－当代 Ⅳ . ① I227

中国版本图书馆 CIP 数据核字 (2022) 第 182425 号

燕南园的星空

主　　编	李少君
责任编辑	吴赛赛
特约编辑	罗路晗
封面设计	鸿儒文轩
出版发行	国际文化出版公司
经　　销	全国新华书店
印　　刷	三河市华东印刷有限公司
开　　本	880 毫米 ×1230 毫米　32 开 9.125 印张　　　　　136 千字
版　　次	2023 年 1 月第 1 版 2023 年 1 月第 1 次印刷
书　　号	ISBN 978-7-5125-1464-5
定　　价	58.00 元

国际文化出版公司
北京朝阳区东土城路乙 9 号　　　邮编：100013
总编室：(010) 64270995　　　　传真：(010) 64270995
销售热线：(010) 64271187
传真：(010) 64271187-800
E-mail: icpc@95777.sina.net

北大与诗歌维新

李少君[1]

中国文化求新求变,"周虽旧邦,其命维新""穷则变,变则通,通则灵""苟日新,日日新"……这样的语句,几乎每一个中国人都耳熟能详。

《易传》曰:"天地之大德曰生""日新之谓盛德,生生之谓易",唐孔颖达称:"天之为道,生生相续,新新不停"……这些观念,已根植于中国人的心中。

中国哲学,是一种生生不息的变化的哲学,也是一种生生不息的创造的哲学。

《中庸》称人之创造"可以赞天地之化育,则可以与天地

---

[1] 李少君,1967年生,湖南湘乡人,1989年毕业于武汉大学新闻系,主要著作有《自然集》《草根集》《海天集》《应该对春天有所表示》等二十多部,被誉为"自然诗人"。曾任《天涯》杂志主编,现为《诗刊》社主编。

参矣",意为可以与天地并列为三。

"与造化争功",是《文心雕龙》等众多著作中的核心思想,相似观点举不胜举,例如"文章与造化争巧可也"(欧阳修)、"文字觑天巧"(韩愈)、"至如天真挺拔之句,与造化争衡"(皎然)、"少攻歌诗,欲与造物者争柄"(陆龟蒙)、"笔补造化天无功"(李贺),中国文明中对文学诗歌创作给予的地位评价之高可见一斑,对诗歌和文学创造力的敬重可谓推崇备至。

这,也正是现代性的要义,现代性求新求变,推崇创造,不断地创新,不断地变易。

中国现代性是从新诗革命开始的,准确地说,是一些北京大学的男诗人开启的。新诗作为中国现代性的象征,也就肩负着中国现代文明开拓者和探索者的先锋重任。

因此,新诗革命不能停止。创新,是中国文化的天命。

冯友兰先生在《西南联大纪念碑碑文》中指出:"我国家以世界之古国,居东亚之天府,本应绍汉唐之遗烈,作并世之先进,将来建国完成,必于世界历史居独特之地位。盖并世列强,虽新而不古;希腊罗马,有古而无今。惟我国家,亘古亘今,亦新亦旧,斯所谓'周虽旧邦,其命维新'者也!"

创新是中国文化创造力和生命力的源泉,是中国文明历数千年而不衰的根本原因和动力。

诗歌维新,从新诗革命到新中国,从新时期到新世纪,再到新时代,我们又到了一个新的历史时刻。

机缘巧合,我读到了一批北大女诗人的诗歌,倍感振奋,于是决定在《诗刊》2022年第三期推出"北京大学女诗人专辑",随后,又在北大人文学苑举办了座谈会,引起的强烈反响超出了我的预料。

前面说了,新诗革命是由北大男诗人发起的,北大女诗人也可能开创一个新的诗歌天地,或者说,开启一个新的诗歌时代。

其实,世界正在逐步进入女性主导文学变革的时代。在男性主导了文学发展如此漫长岁月之后,在文学变革难以为继之后,也许由女性主导会有新的变化与发展,甚至,书写新的文明史。

让我们拭目以待!

目录

秦立彦的诗
    迎春花 \\ 002
    蜜　蜂 \\ 003
    一生的选择 \\ 004
    走路的时候 \\ 005
    不可穷尽的树林 \\ 006
    韩愈和我们 \\ 007
    月亮的变化 \\ 008
    那一刻我忽然发觉 \\ 009
    旧的电子邮箱 \\ 009
    散　开 \\ 010
    南极石 \\ 011
    关于身体的想象 \\ 012
    杨树的眼睛 \\ 013
    孩子的往事 \\ 014
    秋　夜 \\ 015
    雪莱的手稿 \\ 016

周瓒的诗

决　意 \\ 020

回环之诗 \\ 021

词的世界 \\ 021

鸟　窝 \\ 022

无　题 \\ 022

遗珠，或踪迹 \\ 023

讲故事的人 \\ 024

童年的梦 \\ 025

关于量词的一次诗歌实验（节选）\\ 025

观文慧舞蹈剧场新作《我六十》有感 \\ 026

感遇诗，致张九龄 \\ 027

顾春芳的诗

微暗的火 \\ 030

开花的时节只是开花 \\ 031

白　露 \\ 032

十　月 \\ 033

早　春 \\ 034

霜　降 \\ 035

即　景 \\ 036

夏　梦 \\ 037

云在青天 \\ 038

燕南园 \\ 038

山　风 \\ 040

马雁的诗

冬天的信 \\ 042

看荷花的记事 \\ 043

热的冷 \\ 044

爱 \\ 044

这些天一直下雨 \\ 045

秋天打柿子 \\ 046

星星的姊妹 \\ 046

我们有灯火通明的厨房 \\ 047

雨　后 \\ 048

尹丽川的诗

人世间 \\ 052

和爱情一样 \\ 053

阿　美 \\ 053

很久以前 \\ 054

袁绍珊的诗

仁和寺的午后 \\ 058

在小樽寄明信片 \\ 060

潮间带 \\ 064

枯山水 \\ 065

观景台 \\ 066

旋转餐厅 \\ 067

散　步 \\ 069

石器时代 \\ 070

杨碧薇的诗

那女孩的星空 \\ 072

塔什库尔干河 \\ 073

帕米尔高原 \\ 074

第一次的离别 \\ 075

霍加木阿勒迪村的搪瓷壶 \\ 076

渡 \\ 077

吉隆坡夜色无上 \\ 079

琅勃拉邦速写 \\ 081

初见和重逢 \\ 082

地球剧场第××幕：永珍 \\ 082

湄公河日落 \\ 085

三十六古街 \\ 085

康宇辰的诗

在烟云笼罩的世上 \\ 088

晦暗的年华 \\ 090

礼　物 \\ 092

群山之冷 \\ 093

花　间 \\ 095

蜀中抒怀 \\ 096

成都一夜 \\ 098

沈从文写情书 \\ 102

张慧君的诗

　　八　月 \\ 106

　　山　水 \\ 106

　　承　认 \\ 107

　　羞　惭 \\ 107

　　世界之美 \\ 108

　　清　晨 \\ 109

　　惊　赞 \\ 110

　　给女儿的抒情诗 \\ 112

　　　温　暖 \\ 113

　　　坚　韧 \\ 114

张石然的诗

　　崂山即景·黎明 \\ 118

　　旅　行 \\ 119

　　飞　行 \\ 121

　　当它们渐成为你一生的奔跑 \\ 122

　　蓝 \\ 123

　　在哈德逊河畔的公园 \\ 124

　　栈桥公园 \\ 125

苏晗的诗

　　在云南 \\ 128

　　食　客 \\ 129

　　剪松树 \\ 131

风　景 \\ 132

沙　湖 \\ 134

载　驰 \\ 135

谢雨新的诗

未曾谋面的青海湖 \\ 138

白塔山 \\ 138

过草原 \\ 139

九龙湖 \\ 140

冬　捕 \\ 140

盛　放 \\ 141

南方的秋 \\ 141

狗尾草 \\ 142

朝　市 \\ 143

夏 \\ 143

轻井泽 \\ 144

无尽夏 \\ 145

葭苇的诗

扁形鱼 \\ 148

世上的我 \\ 149

借一江 \\ 150

回家日 \\ 151

体认爱的时刻 \\ 152

勺园晚餐 \\ 153

泛舟一日 \\ 155

寄黎士多 \\ 156

夏露的诗

等待桃花 \\ 160

你的声音 \\ 161

冬　思 \\ 161

黎明是相似的 \\ 162

我的内心下过无数场雪 \\ 163

等待栀子花开 \\ 164

怀念岘港 \\ 164

刘丽朵的诗

在黑暗中等 \\ 168

一艘船 \\ 169

怕 \\ 170

曹疏影的诗

太阳稀少，幸福亦然 \\ 172

小西湾 \\ 172

给 C \\ 173

冷记忆 \\ 174

我的首演 \\ 175

听皮亚芙 \\ 176

新　年 \\ 177

黄茜的诗
  回　忆 \\ 180
  大雨澳斯特的早晨 \\ 181
  一　觉 \\ 183
  巨　人 \\ 184

范雪的诗
  模　拟 \\ 188
  善　良 \\ 189
  感　时 \\ 189

李琬的诗
  自　然 \\ 192
  引　力 \\ 193
  三　姐 \\ 196
  舞　曲 \\ 197
  转　场 \\ 198
  秋日图书馆 \\ 199
  病　中 \\ 200
  月　历 \\ 201
  伴　侣 \\ 202

白尔的诗
  午日餐厅 \\ 204
  六月的结局 \\ 205

消失的窗外 \\ 206
写作的神 \\ 207
很早以前 \\ 208
愿你更爱别人 \\ 209

安子瑜的诗
种田人 \\ 212
眸 \\ 213
吊古战场 \\ 214

谢笠知的诗
短　歌 \\ 216
珍　珠 \\ 218
九华山后山之花台 \\ 219
"你站在山坡……" \\ 219
一朵白云 \\ 220
闪　电 \\ 222

赵汗青的诗
遥寄纳兰容若 \\ 226
二十四个春分 \\ 228
泸州小野猫 \\ 229
桉予的诗 \\ 231
太平洋 \\ 232
过　道 \\ 232

北京西站 \\ 233

高欣的诗
秋　天 \\ 236
取暖入门 \\ 237

欧阳炽玉的诗
在星海相遇 \\ 240
鸟 \\ 240
强　者 \\ 241

袁恬的诗
晨　景 \\ 244
观　鸟 \\ 244
健　忘 \\ 245

欧逸舟的诗
老　头 \\ 248
洁　净 \\ 249

郑依菁的诗
萤　火 \\ 252

许莎莎的诗
小情诗 \\ 256

春连的诗
  无名曲 \\ 258

李舒扬的诗
  春天到了我太开心了 \\ 260

龙雨的诗
  小　雪 \\ 264

倪湛舸的诗
  落实思树 \\ 268
  乘虚登晨 \\ 268
  星伴船明 \\ 269
  皓腕凝霜 \\ 269
  泛心论 \\ 270
  既视感 \\ 271
  看…… \\ 272
  听…… \\ 272

秦立彦的诗

迎春花

哪怕是在雾霾里,
在刚刚下过一场雪的日子,
在水泥的马路边,
隆隆的车声之中,

它们依然开放,
仿佛一盏盏灿烂的灯。

它们只有一个执著,
就是抓住永恒中这属于自己的一瞬。
它们把全部的热情都贯注于此。

万千未开的花蕾,
如同搭在弦上的箭,
不能不发。

否则,过去一年的沉默是为了什么,
为什么要忍耐寒冬和别的一切。

蜜　蜂

蜜蜂总能找到花朵，
它们也在等待着它。

它被花朵所吸引，
仿佛一个鉴赏家，
偏爱明丽的色彩，
绸缎的质地。

当它在一朵花中劳动的时候，
那朵花就是它的整个世界。

它从花那里采撷的，
是花送给它的。
它飞走的时候，
花的希望生出了双翅。

它是花的臣仆，
虽然它对此一无所知。

一生的选择

就像一个孩子,
手里紧握着一枚金币,
他唯一的一枚。
而集市上摆着那么多物品,
他怕自己买错了,
怕明天会后悔。

我们握着自己唯一的生命,
想着应该把它掷向哪里,
就像是贫困的赌徒。
我们寻找,我们犹豫,
在这过程中,
我们的金币已经变小了。

其实值得做的事并没有那么多。
然而人们常常掷出自己,
换得一些赝品,换得泡沫。

走路的时候

仿佛我是一个奇怪的容器,
走着走着,
一些絮状物开始向下沉淀,
从眼睛里、耳朵里、心中,
沉淀到双脚,
渗入大地。

这时我才开始听见,看见。

我看见天空朝东北方向移动,
像万顷波纹的大海在移动。
我听见风在天空之下,
仿佛海面下的涌潮。

三只小鸟站在枝头,
像三片抖动的枯叶,
羽毛上映着金黄的夕照。

不可穷尽的树林

一座树林是不可穷尽的。

它当然有边界,
比如那条水泥马路。

但你无法数出它有多少棵树。
有的树仿佛已枯死,
但明年春天也许会复生。
有两棵树拥抱在一起。
有的树刚刚从土壤里出来,
第一次睁开了眼睛。

海棠有时缀满花朵,
有时缀满果实。
果实与花朵没有任何共同之处。
总有一些草木,你说不出名字。

从清晨到子夜,
在雨中,在雪中。
夏日的寂静,深秋落叶纷飞。

还有一年一年在林中飞翔的鸟。
还有在小径上徘徊的
被时间改变的人。

韩愈和我们

韩愈不到四十岁的时候,
说自己"而视茫茫,而发苍苍,而齿牙动摇"。

我们六十岁会那样。
然而那多出来的二十年去了哪里?

我们的电灯从黑夜里夺取的时间,
飞机和高铁节省下来的时间,
都去了哪里?

许多老虎无声地吃掉了它们,
韩愈不知道的一些野兽。

他们是树,是石。
而我们涣散了,
像炊烟,像一汪无法聚拢的水。

他们的船在波涛中冲上高峰,冲进低谷。

我们站在岸边，
羡慕地看着他们。
我们的悲与喜也是涣散的，
我们迅速捕捉一切，又迅速忘记。

月亮的变化

起初，它是天空中一团苍白的影子，
仿佛在白的雾中，
而随时会消失。
当黑暗在天空和大地聚集。
行走的人忽然又看见它，
它已是一团冷的火焰。
它从黑暗中吸取力量，
获得了生命，发出光。
它成了中心，世界的王者，
它面容上的阴影也清晰起来。
此时，一切都不同，
所有的鸟都静默，
人在小路上的脚步声也是不同的。

那一刻我忽然发觉

那一刻,我忽然发觉有不间断的鸟鸣,
它们与市声混杂在一起,
但在那一刻剥离,
仿佛我的耳朵忽然打开,像打开了一扇窗,
仿佛它们不再是一种模糊的背景音,
不再弥散在空气里,像盐弥散在水里,
而是升起在背景之上。

我希望有一天,
眼睛的障翳也能这样掉落,
一切像帷幕一样拉开,
露出一个我无法想象的世界。

旧的电子邮箱

我忽然想起自己有几个旧的电子邮箱,
密码已经忘记。
里面还堆满生尘的邮件,
或许有新的广告投进来,
或许偶尔有一封探问的信,

如同抛入大海的石子,
听不到回音。

再过一百年,
我们会留下多少电子邮箱?
每一个都挂着生了锈的锁。
我想象它们堆积在旷野,
一眼望不到边。

还有无数不再更新的微博、微信,
并不消失,然而失去了体温,
仿佛太空中飘浮的飞船碎片。

散　开

当时我们一起出发,
大家手拉着手,
仿佛幼儿园里做游戏的孩子,
分不清别人和自己。

一年一年过去。
有一天我们忽然发现,
人们都不见了,
周围这样安静。

有几个人无声地消失于黑夜。
别的人们走在了别的路上。
歧路通向更多的歧路,
通向平原、山地,四面八方。

我们散开,
如同遥远的星。
我们的光许多年才抵达彼此,
我们永远无法同时。

南极石

一块不在南极的南极石,
如同一尾出水的大鱼,
一只伏在地上的笨拙的鸟。

北方土地上的南极石,
它忍耐着春天的繁花,
这没有冰雪和企鹅的日子。

仿佛南极都已消失,
只剩下它,
仿佛它被南极抛掷在此处。

在陌生的校园里,
被陌生的目光注视。

关于身体的想象

有时,我想象我的身体是一匹马,
而我是骑手。
我们日夜奔驰在路上。
在每一个驿站我喂它吃草,
对它说话,梳理它的鬃毛。
我们离不开彼此,
我们共同渴望着远方。

有时,我想象我的身体是无数忙碌的细胞,
有各自的生命,
组成村落、城市、大大小小的国。
它们把生命交托给我。
它们不知道灵魂,
只希望能一直忙碌,一直活着。

杨树的眼睛

我看着春天的杨树,
它们也看着我。

它们睁着许多眼睛,
面向四方。
那是它们一次次断臂后留下的伤痕。

有的眼睛凌厉,有的柔和,
有的惊诧,有的困倦。

它们看见一个又一个春天,
后来是霜雪,
看见不同的人经过身旁。

我走在杨树林里,
被许多眼睛注视,
知道它们在自己身后,
默默交换着意味深长的目光。

孩子的往事

孩子说起自己的往事。
她说她记得南城旧居的一切,
那吃掉了绿萝的兔子,
阳台上她写的"禁止吸烟"四个字。
她清楚地记得妞妞,
但志伟她已经忘记了。
转学后的幼儿园大班,
她记得几个要好的同学,
一个顽皮的男生,
其余的都忘记了。

我听着她的回忆,
仿佛看到一些主题,一种节奏。
已经有几件事凸显,
一直不会被忘记。
有几个人凸显,包括我,
不会被忘记。

我看见她越来越深地走进了世界之中。
我希望她知道一切,
又希望她像小兽一样无知。

然而她已经登上了那无法停留的时间之船，
她已经拥有了自己的风景，
一些风景对于她已经属于过去。

秋　夜

夜深人静的时候，
天空上演着一场宏大的戏剧。
圆得没有缺陷的月亮，
在云海里航行，
穿过云的舰队，一座座冰川
鱼群、羊群
有时被它们遮住，
然后又露出它光洁的面孔。
然而当望月的眼睛再看的时候，
看到不动的是月亮，
是那些舰队、冰川、鱼群、羊群
源源不断地从天边赶来，
从它面前过去，
仿佛来崇拜它，接受它的光辉。
已经这样过去了千里万里的云，
除了月亮，
天空的布景已经全部改换了多次。

雪莱的手稿

这比一切更能证实,
他存在过。
那些能证实他存在的人们,
都已经不存在,
他住过的房间里已找不到他的脚印、指纹,
仿佛他只是一个名字,
一个传说。

而这张纸是他身体的延伸。
当时他占据了它旁边的一部分空间,
他年轻的眼睛注视着它,
他的呼吸吹在它上面;
他的手向笔施加压力,
笔在纸上移动,留下痕迹。

每个词语都是他选择的,
每个被划掉的词语都是他在思索之后抛弃的。
每个字母都凝结了那一瞬间空气里的水分,
阳光,或者灯光。
每个字母的姿态都与一切人不同,
如同他的步态一样,

只属于他自己。

在反复涂抹的文字中间,
他画了一条小船,
和一个独自坐在船上的人。
他的命运正在展开,
指向风暴和大海,
而他对此一无所知。

周瓒的诗

决　意

色彩嬗替的街边风景
细风吹落绽放殆尽的花瓣
油嫩的新叶像是树身挤出的绿血
我走在去年冬天新踩出的土路上
穿过桃树、银杏和连翘布置的绿化带
二月兰如同新铺的地毯
顶着一层青紫色软毛
我决意不再是我
萌生的愉悦并未加入轮回的游戏
咀嚼几个青涩的词
耳机中的节奏带动想象的舞蹈
流向四肢之端
要把这绵力传递到它应施展的地方
若能收放自如
若能凭着热爱和忍受继续
我就能接通生命的核心运化能量

回环之诗
　　——给小翟

小时候夜读聊斋,爱与怕交织
醒在夏日南方的蚊帐中
文字故事幻绘出眼前图景
从窗棂探进来风的大手
轻轻搅动帐幔,而晨光改变着
它上面的阴影与气息:几个人物
服饰随便,一匹小兽出没不定
一骨灯笼起火,便烧毁画中娇娘
小儿附体小虫,妖怪以人为衣
一大早依旧梦魇压床,洗脸时
麻木里不敢一瞥一秒镜子
瓷面盆内,晃动的一捧月亮
也提示:长夜未尽,故事待续
而下回分解恰巧落进你的一首诗
那里有人以菊为灯,照向起雾的大河

词的世界

眼睛睁开前,声音充满

声音尚未启程,意识聚集
如此繁忙,如昆虫劳作
一群蚂蚁音符,一阵蜜蜂音节
在墙根和花茎的早晨
泥土松开了春天的发带
昨夜的梦魇过后
大地空寂,屋宇孤单
你在其中微微抖动
像是刚刚诞生的一个词

鸟　窝

它们在结实的木梁上、瓦缝里与枝丫间藏着
用细密的草杆或经过挑选的黏土制作
——我还是不敢造访,因为说不定
一条蛇已抢先占领,正等着我
并非无辜的手,不能凝结的
呼吸,以及尚且矜持的冒险之心

无　题

通往春天的路,据说就在你的脚下
好像它自己跑过来,恳求你的鞋帮

沾上些泥土和青草的绿汁
滋着绿芽的国槐,正积攒着内力
压迫你的影子,浑身长眼的白杨树目送你
催你出行:时光难再,青春易逝
而爆竹声也曾像沸腾的茶水
使我们相恋的身体如同一只暖壶

遗珠,或踪迹

书架上,打印出的未刊稿
蒙上灰霾又被擦净,忍耐着等待
文档里半成品的诗作
不时吵吵着,递来词语的眼神
记忆中那些叫人懊悔的瞬间
或许会在梦中击垮你,带着一丝
报复的快意。人生需要修复的
不是伤痕,而是未完成
为此,诗人创造了爱
但是否也附赠了耐心与希望?
我们时时回顾,不让初衷
变成遗失的珠玉,我们为寻找
而留下的脚印,也像一幅寻宝图
如果恰好被某个孩子捡到
也许他或她就踏上冒险之途

去领会爱的真意,不是通过好胜心
而是借助意愿的持续培育!正是你,给了我
这单纯的领悟:愿为那一刻付出今生

讲故事的人

一张长条凳上坐下
抽几口水烟,咕噜咕噜
黄色的引火纸上小火苗忽闪
仿佛给自己腾出足够的空
他的身躯也比平时更轻盈了
故事从他嘴巴里溜出来
像冒出的一朵朵云泡
引你钻进别有洞天的世界
有时你乘坐飞机会遇到其中几朵
藏着你童年时记住的几个故事
在那里,人们无须吃喝但生活自在
农历七月时你最爱观察天空
把那些故事的云泡记熟
直到有一天,你也成了讲故事的人
试着腾空自己,吸进火苗
点燃舌尖贮藏的烧酒
在世上的某处,坐下来,深呼吸

童年的梦

一个孩子梦见自己
拉开高过头顶的门闩
潮湿的暗夜使劲儿挤进来
裹在夜深的怀抱
她安稳得像能够弹起
蚯蚓般的小路边
露珠咕哝着青蛙的问候
薄雾伸开手掌
萤火虫攀上指尖
葛藤拉住她的脚踝
她终于还是来到了桃树下
照小河的镜子

关于量词的一次诗歌实验（节选）

序诗（兼致友人、观众与读者）

若我是碰巧写下这首诗，
却想献给一个你、一群你们，
这份礼物是不是显得太轻巧？

是否代价必须与一番心意相称
才能宣告我对你们的爱有几分?
这里有一肌书,纸页摩挲掌肌,
你也可以理解为一剂书,意味着
它会是一副药,将治愈时下的郁悒?
这里有一晨房子,呼吁阳光与凝露
对于一触即发的雨和洪水,
怎期待几条新闻去铭记? 那么诗呢?
亲爱的友人、观众与读者,我的一众对手,
他们说,面对灾难,诗歌是最后一间避难所;
"但应该是从身体内部生长的一所",我说。

观文慧舞蹈剧场新作《我六十》[①] 有感

忍着颈椎痛,我坐在剧场第一排
观看你在影像、薄纱与灯光中起舞
影像细心地串联、穿插,编织个人
时间与世界,薄纱充任的角色大于你
而灯光,如一隐眼,显现这取自生命的
能量,皆由你掌握,丢出决斗的手套
向他(化身影子的命运),挥动一卷剑
翻卷腾跃的薄纱之剑,无疑,你的舞堪比

---

① 2021年8月15日晚,文慧新作《我六十》在北京歌德学院排演。

杜甫心中的公孙大娘！① 有一个瞬间
我看剑光所布，如一面金色透亮的旗
而这，是旗手文慧的爱与抗争之舞
女性间的连带感，在个人与家国历史中
在懵懂的青春美与衰病之年间，一隔皮囊
却不隔旁观与共情，绵延如涓流

感遇诗，致张九龄 ②

1

在唐朝，我大概也会遭到贬谪
改变性别，走通科举
沿你经过的路，感叹春兰和秋桂
寻觅知己，你的诗就是君子延续的基因

2

在唐朝，诗人们也喜欢怀古
置身一个乌托邦，酒醉中
管它是在过去，还是遥远的未来
我们都不再寂寞，艳羡飞鸟与沉鱼

---

① 杜甫有诗《观公孙大娘弟子舞剑器行》，赞公孙大娘舞技之高超。
② 张九龄，唐代诗人，《感遇》十二首为其名篇。

3

在唐朝，人们会像对待回乡的诗人那样
打量我询问我，解说我这一纳手机
像从掌心里孕生的机关，纳入一身轻
接通千年后，空山与黄昏，另一个你

4

历史教会了我们穿越术，在未来
你是否想象过，比轮回更可靠
你的同道仿佛一误读的恋人
乡音交汇，巴别塔成型，误读读出真相

5

仍以鸿雁与丹橘为贵，在未来
依凭着诗，千古同框，一告别灾祸，复生的
便是同一片土壤中不死的种子
兴叹之外，你我亦将携手共植千棵橘树

顾春芳的诗

微暗的火

一场北方的细雨,
湿透了江南的一扇小窗。
水墨化开了湿润的午后,
故乡的茉莉啊,潸然落泪。

岁月停留在她那白色的宁静里,
细数着爬满颓墙的蜗牛。
日复一日地凝视着,
一颗水滴穿透另一颗水滴。

燃烧的潮湿的荆棘,
是静默无声的火热的悲凉。
犹如万物浸没在神秘的葱茏,
它抑制着闪电的脉搏。

文明隔绝在几本残破的旧书,
微暗的火停留在枕边,在书笺,
在眼前,在每一个细雨的瞬间,
成为我或深或浅的呼吸。

开花的时节只是开花

大可不必着急着活,
着急着日晷上影子的节奏。

在深秋的视野里,
春天总是稚嫩和肤浅的。

尽管如此,二月的风
也要慢慢地淡淡地吹。

在燕子尚未归来之前,
暂且借浮云烹煮一壶清茶。

流光溢彩的季节就在不远处,
岁月正在卸下衰老的戏妆。

每一片叶瓣的绒毛终将褪尽,
如同换上新弦的竖琴。

在梧桐树皴裂的枝干上,
弹拨出生命和死亡的交响。

新鲜欲滴的色彩顶落了,
过往的腐朽和僵硬。

开花的时节只是开花
蝴蝶只是蝴蝶,飞只是飞。

所有的果实都有归宿,
我们应当像早晨一样去生活。

白　露

江南的雨闪亮在一个个,
含情脉脉的颜色里,
幽香,凝结在少女的两颊,
半藏半掩在了翠伞和轻纱。

秋天正一滴一滴从白露里渗出,
几声鹧鸪,褶皱了一池风荷,
卷起那一扇蓝色的小窗,
还有他蝶翅一样的两弯睫毛。

那一双乳雪般的纤手,
在哪一年的露水里浸湿颤抖?
那曾经的一曲《皂罗袍》,

如今遗落在了哪一段秋风里？

在那青草嘤嘤的渡口，
在一个寒星陨落的月夜，
白露，恰好在西风前，
乘一叶轻舟划过了半个姑苏。

十 月

秋日的乡村，似一个熟透了的果实，
静默地悬在
橙红色的日落时分。

金色的香甜，从那多汁的果子里流出。
那是十月乡村的酒，
和那倾倒在柔暖的麦垛上的梦。

胡杨树飞动着，卷起屋顶的炊烟，
烧红了棉花般的云朵，
还有那远山静穆的温润。

草木伸展开来，旋转着滚动过去。
没有人知道，风从哪里来，
又会到哪里去。

橙红色的屋顶和仓房,发出牧歌似的低吟,
那是自然的一个乐章,
是大地上捡起的饱满的麦穗。

秋日的乡村,躬身如镰刀一样的身影。
太阳,燃烧着收割过的土地,
悬挂在记忆的日暮时分。

早　春

鹅黄的柳荫似梦,
似婴儿稀疏细柔的发丝。
散发着乳香舒展开
皱了一季的冬天的眉头。

鸟儿歌唱　流转成林溪的蜿蜒,
晕染了远山的水墨苍茫。
春风如是　卷起了芭蕉,
静待那一株最温柔的海棠。

我沉醉于四月的沉醉,
怀着静默的欢喜和些许眩晕,
像是躲进母腹的胎儿,

成为柔弱的那一团幸福。

风透过我的身体,
把那跳动的心思吹向树梢。
唤醒了她的芽苞,
来会我又一年的花期。

霜　降

还来不及褪去最后的一缕绚烂
在隆重的谢幕中隐退,
就被这突如其来的苍凉覆盖了
光辉的余韵　秋天在四季的枝头坠落。

燃烧的枫叶瞬间收熄住窜动的火焰,
遗落了去年此时的缤纷。
灰色的霜冻　把它提前交还给命运,
寒气和僵硬从大地的深处潜行上来。

花瓣卷拢　果实萎顿
那曾被十月感动的青空和斜阳,
也变得忧郁和阴沉,
幽寂地徘徊在枯芦和败草的叹息里。

还来不及酝酿好别离的心情,
大地就这样苍白得一发而不可收拾。
在这不可收拾的苍白里,
如何能整理出一些快意和情致。

在那积雪和浓雾的黄昏,
不至于快速地暗淡了年华。
这一场突如其来的霜降　借着你
正好从容我那颗凌乱而又惆怅的心。

即　景

有一瓣雪
飘过了我昨夜的梦。
记忆穿过了风的阻碍
飞速地倒退,
在另一个时空变成
你的牵挂你的忧思。
我寻不见灯塔,
也看不见桃源。
莽莽苍苍的底色里
有一种声音回转沉吟。
那是绿的生命
在地壳的深处涌动,

蓬勃的力量
在地下苏醒。
穿过雾霭和朔风飞越
江南的雨幕和北国的雪原。
在山花烂漫处，
我们俯瞰大地。

夏　梦

蜗牛的壳点缀了火热的颓墙，
木槿花赤裸着抛开了最后一层纱。
阳光刺眼　如飞散的金箭，
射落了十七岁的两颊上绯红的果子。

花团锦簇的灿烂，
包裹在紫色睡莲的心里。
天空被烧出了一个窟窿　河床干枯，
夏天在蒸腾的空气中渐渐沉没。

我想起了一个细雨纷飞的夜晚，
月亮曾轻轻地坠入过荒芜。
还有那耳边的轻语和岸边的灯火，
闪烁在未曾命名的时光的乐章。

云在青天

二月的春雪如一首短诗,
黄昏在寒气中斟酌着她的韵脚。

从那诗中溢出的焕彩,
偶然间绚烂了西沉的暮色。

在槭树的苍凉所刻画的风景里,
幽微的深意正缓缓敞开。

你说这是你赠我的天空,
我说你是那云在青天的此时。

燕南园

雷电打断过的半棵树,
春天从另一半树中苏醒。
树籽从哪里落下,
哪里就顶起一片泥土。

没有一棵多余的树,

也没有一株多余的草。
每一块路旁的燕石,
都是宇宙中最永恒的杰作。

即使是一束蒲公英,
也执著地确信,
风阻止不了她做一次
自由自在的旅行。

那燃烧着的二月兰的紫色,
蔓延在万物葱茏的野地,
那是散步时的拐杖
向大地传达的沉思与想象。

在落满松针的碣石上
灰鹊是徘徊的诗人,
它见证着那一方残破的书包,
里面装着人类的心灵。

常青藤厌弃一切荒谬的束缚
沿着破敝倾颓的篱墙,
在历史的风化中守望着夜空,
头顶着灿烂星辰的照耀。

山　风

我即将化为山风，
从这里猛烈地吹过。
你像山一样屹立　封住
时光的洪水。
在两座峭壁之间
把那命运的悬崖　阻挡
阻挡在我的视线之外。
风的义无反顾
在每一处岩石的罅隙里
震颤　呜咽　释放出
强悍而又温柔的仇恨。
我在旋风中风化　风化成
一座柔软的城堡。
风被吸入每一个窗户
仇恨的力量被包裹进城墙，
隔断那盲目的时光
以及所有的残暴的沙砾。
在你柔软的体内，
太阳从海天缓缓升起
照耀在寒冷的巉岩和沼泽。

马雁的诗

冬天的信

那盏灯入夜就没有熄过。半夜里
父亲隔墙问我,怎么还不睡?
我哽咽着:"睡不着。"有时候,
我看见他坐在屋子中间,眼泪
顺着鼻子边滚下来。前天,
他尚记得理了发。我们的生活
总会好一点吧,胡萝卜已经上市。
她瞪着眼睛喘息,也不再生气,
你给我写信正是她去世的前一天。
这一阵我上班勤快了些,考评
好一些了,也许能加点工资,
等你来的时候,我带你去河边。
夏天晚上,我常一人在那里
走路,夜色里也并不能想起你。
"明月出天山,苍茫云海间",
这让人安详,有力气对着虚空
伸开手臂。你我之间隔着
空漠漫长的冬天。我不在时,
你就劈柴、浇菜地,整理
一个月前的日记。你不在时,
我一遍一遍读纪德,指尖冰凉,

对着蒙了灰尘的书桌发呆。
那些陡峭的山在寒冷干燥的空气里
也像我们这样，平静而不痛苦吗？

看荷花的记事

我们在清晨五点醒来，听见外面的雨。
头一天，你在花坛等我的时候，已经开始了
一些雨。现在，它们变大了，有动人的声音。
而我们已经不是昨天的那两个人。亲密
让我们显得更年轻，更像一对恋人。所以，
你不羞于亲吻我的脸颊。此刻，我想起一句
曾让我深受感动的话："这也许是我们一生中
最美好的时光。"一生中最幸福的，又再降临
在我身上。她仿佛从来没有中断过，仿佛一直
埋伏在那些没有痕迹的日期中间。我们穿过雨，
穿过了绿和透明。整个秋天，你的被打湿的头发
都在滴水。没有很多人看见了我们，那是一个清晨。
五点，我们穿过校园，经过我看了好几个春天的桃树，
到起着涟漪的勺海。一勺水也做了海，我们看荷花。

热的冷
——献给苏米尔,和我的灵魂①

我从来没想到,我的灵魂会是那样。
这灵魂,轻盈、孱弱,并且羞涩。
如同一面可能之镜。一个幻象的坍塌
牵动了世界的粉碎。那短暂的一瞬,
灵魂睁大眼睛,穿过空气中的尘土。
好像玻璃器皿中的热水,干玫瑰的红
渗开……稀薄的,游离于空无,
寻找那命中的命,血中的血。

爱

我到陌生处的溪流。
溪谷潮湿,水流清脆,

你在芦苇的苍绿上安放
百合花的蓝,潮湿的紫蓝。

---

① 原标题为"热的冷 献给 soumir,和我的灵魂"。

水流声如刀刃,亲爱的,
这声音太冷,让我发抖。

必须经过漫长的旅程,
这漫长得叫人心碎。

忍耐这酸楚,浪花苍白,
而且美——它们涌起来了。

我好像死过一回,
像在绝望的刀刃上爱。

这些天一直下雨
——给凌越

这些天一直下雨,但没有人分享。
我坐在干燥的屋子里,一直打开的窗户
从夜里传来响声。那些我看不见的叶子
一定湿漉漉地滴着水。后来,樱桃都落了,
被虫子爬过,猩红的明亮布上小洞。
枇杷也变得金黄,和我一起摘枇杷的人
也走了。我们采摘过那么多甜的果子,
当夏天一度如收获的最佳时节。
我还是坐在书桌前,鸽子盘旋着

飞在空中，灰白的空气还是那样，
我们分享过的天气。而冬天，当我
一人在街上走着的时候，被泥水
打湿了裤脚，我低下头想着，低着头走路。
再复杂再绵延的路，也可能走不完。

秋天打柿子

在秋天打柿子，缩着手脚爬上树丫，
眺望云雾里远处那些山，正在雾气中
磅礴。我的身躯无限壮大，蓬勃而出，
向潮湿的寒冷伸出臂膀，正在升起，
我无限的躯体，照耀金红的果实。
雨从空中降落，清洗积年的尘土。
十七个人，在秋天打柿子，挥动
铁灰色胳膊，长臂竹竿敲响无声的
节奏，果实落于我无限空旷的躯体。

星星的姊妹

有时候，夜空中的星星
如同一滴眼泪坠落，另外一滴
还悬挂着，她们是

一群星星中的两姊妹

在某一个夜晚的狂风大作中,她们
又曾经是潜入黑暗的枯叶
她们在初春的料峭中幸福颤抖
发出沙沙的响声,那是笑

也许她们曾经是一些话
说的人已经遗忘了这些内容
可是,她们从嘴唇间滑出,清脆地
互相敲打着,绽放秘密的光彩

她们也可能作为渴望存在过
在一段距离的两端,同时也是
怀疑和幻想,在拉扯着这段距离

这些眼泪,她们在记忆里焕发了
显得十分的瑰丽,被人欣赏着
有人打磨着这些星星的姊妹
使她们更加精美、迷人

我们有灯火通明的厨房

我们有灯火通明的厨房,

我们有高大的柠檬色的墙。
你把我领上楼梯,我踮着脚尖,
把尖叫声刺向你头顶。其实,
你知道的,只要滴下一滴水
我就会被吓跑,风卷起几颗
灰尘就能叫我说不出话。
从啤酒内部的温热,你看着我,
我们互相吸取着冻和坚硬。
这几天,你想到了爬山,
就爬到山顶上。从几千里外
刮来的风,忽然洞穿了我。
我是你灯火通明的厨房。

雨　后

记忆正在变得琐碎,更加琐碎。
连昨天的琐碎都难以达到了,
代词越来越多,渐进地。形容词,
表示相关,任何的事都有联系。

上个月,我遇到十个人。
他们占领我的想象力。我剔除,
而乏力,他们随便地占据我
缺乏个性的想象力。我宣布:

长句子，严肃的和沉重的，
并且反对概念，要轻盈和跳跃。
只一个晚上，一场去除闷热的雨，
我忽然忘记怎么找那条秘径。

尹丽川的诗

人世间

我的父母每周末
都来看我的孩子
母亲带来玩具和新衣
父亲带来相似的消息：
某某熟人又去世了

他的老同学、老同事
老亲戚和老邻居
一个人的朋友圈就是他的时代

这时我已学会像长者那样打岔：
爸，晚餐吃饺子还是米饭
中秋去谁家过

无论如何我还无法
像一个朋友那样和父亲谈论生死

我的父亲不读佛经
天色渐暗，四周亲人热闹
他独坐在藤椅上发呆
一坐一个尘世

和爱情一样

在阳光下
万物呈现汹涌的一面
树叶在热风中翻滚
少年的皮肤白得耀眼

背阴的屋子
依旧安静又清凉
你傻傻坐着
你熟悉夏天
你熟悉夏天的感觉
可夏天来了
你仍然感到新鲜
和爱情一样

阿　美

我们一起抽剩的烟头
可以搭出一间小小的房子
里面是时间的灰
你依然生长着北方的骨骼

和南方的神经
那么多年过去你还是不能回头

拎一只沉甸甸的水桶
光脚在旷野里走
阿美,唯有你的现在
才能比喻你的童年

我们必须学会在泪水里兑一点烈酒
而不是在酒里掺杂眼泪

很久以前

以前　有一个售货员
在敞亮的国营商店
卖汽水　饼干和香烟
她的发辫有湿漉漉的香气
她的眼神有浅紫色的秘密

很久以前　有一个列车员
天天穿越美丽河山
可他从来不看　不往窗外看
倒开水时他想马尔克斯
拖地板时他想罗曼·罗兰

他们要是认识就好了
他们要是认识就好了

永不能实现的梦想　才会发光
你也不用离开家乡
我的远方就在心底
很久以前　这是个秘密
我会把你深深怀恋

他们从未遇见就好了
他们从未遇见就好了

袁绍珊的诗

仁和寺的午后

看着山水，自然想到遥远的事
想到雷电交加，翻云覆雨

一对年轻男女走近对方
红叶羞涩，万物心动摇晃

所有爱的开始都是好的，看到善
永不觉累，无言中互通款曲

牵着手，迎向感人的花草
沉默。闭目。极致快乐为生之全部

世界只剩下他们，和我，躲在阴影
想起掩耳盗铃的爱情。万物的临终

心碎的防波堤樱花扑鼻
爱的圆规刺进心脏，设限的爱何其龌龊

像仁和寺，他们晶莹如琥珀
我一不小心就旧了，放弃千疮百孔的复仇计划

此刻太阳,已躲进云层
我已熟习,和万物道别的眼神

错过一些人是毕生修行
即使千年寺庙,也无法私有黄昏

大地不隐藏必然的萧瑟
爱之为爱,正因有星散的不堪

他是过客我也是过客
心存感激,从此迎送每个冷峻的驿站

仁和寺低声告诉我
没人能在时间里赴汤蹈火

爱的感觉
是爱的行动之必然结果

乌云已镶着金线
命运总在螳螂捕蝉

看着山水,自然想到遥远的事
想到云淡风轻,想到人生从此失去经纬线

想到遗忘,即使遗忘比爱强悍

想到圆满,即便无法修成正果

即使无法,在白首中共看这山山水水
即使用毕生告别,即使是告别的秋天也值得盼望

在小樽寄明信片

一

在小樽
雪地像反光的瓷砖
冷酷地闪烁其词
缘分的银行纷纷挤提倒闭
只剩心之越狱

七步一间爱的便利店
小巷开满谅解的居酒屋
寂寞肥美如一件件握寿司
不容分享

一滴眼泪
足以把昆布发大十倍以上
小樽的万物都在教导世间无常
像啤酒泡沫

雪糕的霜

二

头顶的冰柱朝地面攀爬
在小樽
浪漫无用如一座凉亭
我冷眼
看小孩在温室外
用透明的剑决斗安静

只有雪张狂
只有雪不做害羞的事

蜡烛很多
再添两根也无法把我融化

屋檐很薄
再下两尺雪便足以把我压垮

三

符号一样的雪花试图坦白
往事却不停打滑
好看的御守没法兑现
我拒绝为人生下载美图软件

悲伤吹制成玻璃
生活是一堆衣不称身的哑谜
蓄发、守戒
独身、素食
雪和我同样熟悉
断章取义的作用力与反作用力

除了小樽
其他雪都是天理不容的长序
没有内容
只有标点

这里的阳光优柔寡断
只有雪是不懈的

四

风在屋外劳碌了一整晚
努力擦净一双巨大的白球鞋

天空眯着眼
不断朝我丢瑰丽的飞镖

温度辞别
在雪山一跃而下

今天的湿度适宜大赦
带草莓味的音符像香槟激烈满泻

一个醉汉在公路
按着无声喇叭

二月空降了一支维和部队
制止记忆与现实的厮杀

此地无银，只有诗三百
冬季是我遇过最深情的过客

五

爱神在半空
忙着喷洒灭火器

打破沉默于我们就如打破火警警报的玻璃
那么镇定

一堆明信片在小樽寄出
泼出的希望
在路的身上结冰

打破矜持于我们就如清点运河的货物那么
例行公事

我很好
勿念
并附空白的回邮地址

潮间带

我喜欢你是平静的
像你喜欢我的沉默一样

我喜欢日子的平淡和激情
楼梯的脚步声
锁匙扭转
电话震动
高潮与低潮稳定地重复

我喜欢你如常或突然的到来
我喜欢你的牵引和回溯
像你喜欢我的顺从和狂妄
我的独立进取和百无聊赖

像喜欢暖炉和加湿器
像喜欢巨大的温差
忽高忽低的盐度那样

我喜欢你
像礁石和海浪
互相增加和损耗

我们都喜欢维持
准确但不明的距离
我们都喜欢待在
海洋与陆地最温软的区域
看潮水洁净空间
又瞬间跃满泥巴

你把我的生活
连根拔起
像把一只去掉螯的螃蟹
丢在潮间带
你说
那是最接近梦和幸福的地方
那是我们心的变化的疆界

枯山水

我把欲望的白砂撒在心的后庭
苔藓无花，无种子，却生育旺盛

荒唐的黑夜留下荒唐的脚印
徐徐点起暧昧的孤灯
把时间的瀑布卷成发髻
石头在正反合的辩论里滚动不息

肉眼细碎，耙出温柔的始终
山让水在哪里流淌，爱也在哪里被消耗

喜欢过无言的石灯笼
也喜欢衣领的弧度
喜欢幸福
却不渴望一座园林去供奉

唯有空间才是物的真正自由
我在尘埃里
把禅拂走

观景台

云在白日投下烟雾弹
郊游的鸟，躲进深山

一座永生之岛
处处洞穴，处处私人海滩

投下一个劣币
历史给你三分钟清晰的时间

有些爬虫经过
有些重门深锁

一个痴人向第九个太阳
说完了梦,拉出满弓

若无远方,就手执一个万花筒
若无未来,就在工业废墟中仰望星空

旋转餐厅

跨年夜,我带母亲
到 101 层高的旋转餐厅。
她说自助餐是二十世纪的伟大发明,
我点头虚应。

地球自转着,我曾想要自由
天际的感觉。
于是我往北了,留她在南方。一箱行囊。

人、餐点、桌椅，万物无法静止，
沉默与风景，残忍地每半小时轮回一次。
我和旋转餐厅，皆是二十世纪的糟糕发明。

我和母亲对坐，像千年不腐的钢筋混凝土。
巨大的钢球在某处摆动，减缓世界的晃动幅度。

不可逾越。该死的牛顿第一定律。
她的永恒静止，我不灭的匀速直线运动。

此刻欠阳光、欠风雨凄迷，
光洁的银盘堆满新鲜牡蛎。
生活给我辣汁，给母亲浇
柠檬汁。苦撑。温柔过犹不及。
别问，一切值得，不值得。

当你成为母亲，才能了解母亲。
想忘记噪音，就成为
噪音的一部分。
在破落门庭写一部章回小说，
还母亲花团锦簇的一生。

最大的倒数计时钟，悬于半空，
我想留住此时，但万物
推辞，没有一年活得称心如意……

伽利略释放钢珠,但找不到理想的斜体;
我坐上最快速的电梯,却仍困于尘世。

地球继续公转,我彻底自旋。
母亲想天空,该是美食家的天堂。
于是她往西了,留我在东方。一道白光。

散　步

黄昏的时候,习惯和自己散散步
每天活好几次,衣服的褶皱都有故事

天朗气清,往山上推一块巨石
如果下雨,摘几朵小巧的蘑菇

爱笑的星星,需要孤独的仪式
像衬衫需要口红,像魔术师需要兔子
白马已至,我就是自己的圆桌武士

一颗铃铛,一头大象,一只猫的日常
芦苇撑起万物之谜
一朵荷花在晚风中独唱

有些我瑰丽倔强
有些我野蛮生长

飞翔的时候，收起降落伞
相爱的时候，打开遮阳板

仿佛明天全无恶意
仿佛往事皆可原谅

石器时代

世界如贝壳被掏空，夜露沾我如砚台；
最后一只猛犸象死去，我以茹素替代悲哀。

繁星靠拢，野风彻夜在我身上钻木取火；
爱终于完成进化，抵达永恒的石器时代。

杨碧薇的诗

那女孩的星空

整夜,我们在萨热拉村的旷野中看星星
报幕的是金星,
为它做烤馕的是木星;
很快,银河挥洒开晶钻腰带,
北斗七星舀着新挤的阿富汗牛奶;
猎户和双鱼躲起了猫猫,
天琴座拨响巴朗孜库木。
另一个半球的南十字星耳朵尖,也听得痒痒的,
只好在赤道那头呼唤知音。
十岁的阿拉说:"今晚我好开心。
等我长大了,能不能当个宇航员?"
——她瞳孔的荧屏上,一颗滑音般的流星
正穿过天空的琴弦。所有浑浊的事物
都在冷蓝的呼吸里沉淀。后来,
塔吉克人跳累了鹰舞,按亮小屋的彩灯。
魔幻世界倏然隐去,
而某种奇光,已在万星流萤时照进我们心底。

塔什库尔干河

不与天空争,也不同大海抢
在世界的高处,它区别出了
——塔什库尔干蓝
蓝啊,不愧对"蓝"的命名
让一切和蓝有关的词,都不禁怀疑起
自己的本体
蓝啊,蓝得与蓝相互称颂
蓝得令自在更自在,尽情更尽情

一蓝到底
从克克吐鲁克蓝至塔县
从阿克陶蓝入叶尔羌河
从牛羊的家园蓝去骆驼的谷地
从瓦罕走廊蓝往中巴友谊路
从拉齐尼·巴依卡的哨卡蓝向红其拉甫
从初次睁眼的啼哭,蓝遍夕阳下麻扎静穆
蓝到忘了自身是蓝的
蓝尽塔吉克人的一生

帕米尔高原

太大了,足以让人从晨曦走到黑夜
从心惶走到心酸,再走到
语言的空地

太久了,只剩下风,一刀又一刀
凿成脊骨壁立

在这里,永恒的王冠只留下灰斑
玫瑰和羊皮书,不配坐拥妩媚的庄园

人才是高原的雄鹰。没有谁不是在劳动中
用结实和痛,回答悲欣一生

还有什么可说——
说他们偶尔也会
闭上眼睛,鹰一般翱翔
幻想酷寒之上,仍有至高的清新

第一次的离别

红裙子小女孩凯丽比努尔
终于踏上塞满家具和行李的面包车
面对豁然剪开的人生路
趴在后窗回望,男孩艾萨那张
亲密如月色,却越来越模糊的脸庞

他们曾一起喂养的羊羔正在长大
来年春天,并肩坐过的胡杨树又会爆开嫩芽
别了,飞翔着白鸽与情歌的棉花田
别了,初雪后
恢弘着晨光之蜜意的沙雅大地

"全球变暖,冰川融化"
一千年后,人类才会忧虑这些
白云深处的大事
那时,我的城早已用荒芜回应
魔镜里的繁华
当然,这并不妨碍它此刻
躺卧在亚尔乃孜河甘甜的胸口
今年的阳光中了头彩,屋后的桑树又长出
多余的新枝

后院太拥挤,我打算在黄昏时卖掉
她留下的骆驼,以此换来足月的酒钱
朋友,长安博物馆馆长带走了我的琵琶
绿洲那边,龟兹乐舞还漫游在老路上
你离开交河的日子
我迎着白葡萄的光晕,写下 A 小调的诗句

霍加木阿勒迪村的搪瓷壶

它想:我要用尽今生的抒情
留住此地落日之壮美

来吧!旋转的火,新榨的橙汁
为晚霞镶边的、丝绸做的金
岩石、沙土、喀什噶尔深巷里
繁茂的无花果、石榴……
纷纷赶来,为它的理想贡献出纯粹的色彩

它想:不必用佩斯利花纹,也无须卷草或蔷薇
只要几个大大方方的菱形
足以表达我要说的一切

多年以后,这把搪瓷壶
摆在一个三口之家小饭馆的餐桌中央

小饭馆在霍加木阿勒迪村的车站旁
那村庄在吐鲁番盆地的三堡乡
那初夏,我们驱车穿过天山下无数的村庄
途经的美与友谊
都定格在盛满热奶茶的搪瓷壶上

渡

1

一开始,她担心我穿越丛林时,
会颠簸,会打滑,会突然生气,把她
从我背上甩飞。
像僵直的木桩,她,全部精力都绷在
适应陌生的平衡上。
直到从我的律动中找准根音,
双腿间的弓才悄然隐去。
嗨,这朵绒花的呼吸,让我忆起那年
蕉下的甜风。
我决定稳稳地,
护送她过河去。

2

大地津润,它的行走坚实,为泥土

盖下深深的吻。
仿佛在说：不要怕。
是啊，怕什么？
往前走，不回头。
四周静寂，只有雨后嫩枝，向我头顶滴洒
仙露沁凉。
它驮我翻过小山，来到湄公河边。
刹那间，绿的深喉喘出一团
滚烫的光亮。
它放慢脚步，轻扇耳朵提醒我
——要过河啦！
啊呀呀，水面拨响四弦琴，
水花溅开活泼的金钻。
这温柔一刻，
一种共同的欢喜在我们之间馥郁。

3

终于，他们来到河对岸。
背对金黄的晚照，她蓦然发现，
它的身体布满荒凉的褶皱，
两道灰纱在它眼中，支起沉默的门帘。
突然就停顿了……
莫名的惭愧将她裹住，
轻微的痛感，正搓皱天边的晚霞。
如同人类每一次潦草的告别，

她能做的不过是
朝它的长鼻子举起一串世俗的香蕉；
而短暂的旅途里，
它馈赠她的，已远不止这些。

吉隆坡夜色无上

在陌生的他乡，我不必自我暗示
与之有一丝半点的亲缘。
也不认可自己属于
任何的此在、任何的土地。
我从海上漂来，还要继续漂去，
为靠近更空的天空。
即使赞美吉隆坡的夜色，
我也只是一枚
局外闲棋。
在这条大街，我熟悉招牌上的每一个字母，
却拼不出弯曲的含义。
印度飞饼店热烘烘闹翻翻的快活味，
也没能与我的味蕾达成默契。

夜深了，我只想在这座井字天桥上游荡。
被红灯拦住的汽车，如陆上海灯，通往一扇扇家门。
远处的双子塔，继续向低于它们的事物恩施光明。

谢谢警察先生，劳您走过长长的天桥来叮嘱我，
可我现在还不想回酒店。
我想和你聊聊远去的兰芳；我马帮的外公，
他那些洪门的同袍，和他一样消失在
南洋的小水花里。
唉，警察先生，讲这些有何用，
我会笑着说谢谢，然后回酒店整理
明天要带走的行李。

在大马，别人不懂的心事，
故国也未必有人懂。
一个孤绝的人，
向世界交出的，不只是南北东西。
当我上呈了一生的
捷径、舒适、平凡的幸福及生死的确定性，
还想回头多看一眼的，
是吉隆坡路边一所小小的华文学校——
白天经过那里，里面传出的诵读声，
是我最初学到的唐诗。
举头望明月，
低头思故乡。

琅勃拉邦速写

诗意只有一半。
另一半是幻想。

光西瀑布自遥远的星球空降,
黑熊想跳进水的婚纱里漫游。

热带果汁摊,香气像亮片儿乱闪,
你停在操场边,纸鹤停在榕树上。

雨打来,万物舒服,
驶过雨后大街的 Tutu 车[①] 旧电视一样。

每一个黎明,挎着竹篮布施的僧侣,
缓慢地搬运希望的光影。

夜深了,番石榴纱笼隐没在墙角,
合拢的手指似梦中睡莲。

日复一日,时间在这里进行别样的创造,
我却清空了语言。

---

① Tutu 车:一种载客三轮车,在东南亚地区很常见。

初见和重逢

"事情大致就是这样了,
但我从未抱怨吃过的苦头。
离开寺庙后,我便找了这份工作。
这儿不错,今天的生活值得赞美。
当然,我还希望能去中国继续深造。"

他赤着脚,站在花木繁盛的法式庭院里,
"也期待你再来琅勃拉邦。"
"对了,我还不知道你的名字。"

他说出一个老挝语的词,随即用英语解释:
"它的意思是:在时间的轮转中,
我们终将再次相遇。"

地球剧场第 ×× 幕:永珍

在永珍的街心花园,头缠银丝的
白人老妇叫住我:"你好,姑娘。
你为什么来永珍?"

正午阳光下,她的眼神在雪的镜片后
炯炯如星。我停下脚步,背靠一株
滴着绿蜡的大榕树。风吹过,我说:
"永珍在我意念的锦匣中,又在我想象的城垣外。
塔銮庄重,丹塔古朴,
奇丽的香昆寺,夹着一丝明媚的狡黠。
这座城市并不打算整理盘错的天线,
以及欠收拾的巷街,这些皱纹加深了它
作为一座没落王城的刻度。
它总泊在白日梦岸边,喘着将暮的疲倦。
我爱这份眩晕,
永珍堪称爱情的头号替代品。"

老妇摆动着肥胖的身躯:
"在永珍,我永远分不清
哪些是道路,哪些是庙宇,
哪些又是私人的庭院。
我在被打乱了时空的魔方里,
跟着色块旋转。
玉绿、黄金、朱砂红、天蓝、蛋黄花白……
每一缕色彩,都像刚从晨曦里拎出来。"

我点头:"其实,永珍是一座大型人类剧场。

不管你是老龙人老听人老松人华人高棉人①
还是别的什么人,来到这里,
就是戏剧的参与者;
扮演,不,体验的角色是自己。
这个剧场不会为你
提供你想看到的,它只负责呈现世界的本原。
这里没有观众席,也没有舞台;
你呼吸,你的角色就活着
——为自己而活。"

"是的,你从哪里来?"她指着身旁
更老的男士说:"这是我哥哥。我们
从布里斯班出发,经星岛,可真费了一点劲。
十岁时我们说要来,二十岁也在说。
现在我七十岁,他七十五岁,
总算来了,不打算回去。
地球上,总要有一个剧场给我们入场券,
一到永珍,我们就知道,是这里了……"

一幕终,多阶魔方重新开始转动,
澳洲兄妹坐在街心花园的石凳上,
目送我骑着戴花的大象,
去往南掌王国,唤醒雨林深处沉睡的舞台。

---

① 老龙人、老听人、老松人均为老挝主要民族。高棉人为柬埔寨主体民族,亦有少量分布于越南、泰国及老挝等地。

湄公河日落

竟忘了为何来到这里——
须臾间,我已被空无填满,臣服于
天空的盛宴。

那么多河流,那么多痴梦,
为何我一眼认领的是湄公河,
它在万象和廊开之间涌动,
在我的血液里取消了时空。

"多滚烫啊,短暂的夕阳。
你在地球的银幕上播放壮丽的影像。
你带着被万物辜负的金箔隐入太平洋。"

三十六古街

我藏在海上红蜡烛里的忧惧,
被河内的冬阳,不动声色地擦去大半。
寰宇,在蓝棉布的拂拭下更新。
熟悉的恍惚感,照应了某年夏天,
槐树叶随风送来的畅想。

油盐、斗笠、针线盒……
每一样物品，各自获得一条街。
它们比我满足，清楚自己的诞生和去路。
若不是因为神秘的星云、不止的搅动，
我倒也可以把任意一处市井都认作故土。

我要在街边小店喝摩氏咖啡，旋即骑马去海防。
我会穿上轻盈的奥黛，
把没说出的话，旖旎在三十六古街
长长的光影下。

康宇辰的诗

在烟云笼罩的世上

追问不知要从何开始,在烟云笼罩的
困难的世上。我想起那不多的
旅途,内心的寒潮更加深幽。
四川的冬天的雨水,染过那些竹林、
盘路、黄泥和车辙,我们不知去往何处。
在阳光下,在晦涩的词的谜题中,
我们渴望的风光是否耗竭于心的奔突。

黎明来得很迟,时区忠实而且错位,
我在曙光中坐过一辆公交,忙碌的节前
上班的人流是温热的,是可以感知官能的
那种安全的具体。在困难的人间,
我的更加困难的决断只能依托这些了。
我找答案,在城市满目的兴盛里穿梭,
我轻易遗失了问题,许许多多问题。

春天百花会唤醒赞美诗,夏天密密的
竹之海,秋天所有的银杏都会泛金,
可冬天有什么?大地的秘密在冬天吝啬,
我不关心大地的秘密,一个焦灼的
因成熟而裂变的自我在不安屏息,

下一秒，美丽的种子会成为什么？
她过于热爱美丽，自我从中塌陷。

烟云是梦的道具，烟云笼罩了道路，
西方有圣徒和他们的光荣，东方只有雨
从过去下到现在，万物在其中睡熟。
不安的是一位独醒者，并不信这自大的
醒觉。她过于珍重一些事物，一生
不能成为乌托邦，一生就成为天地间
一具弯曲而成熟的稻穗，因收获而劳顿。

但彼岸的一切成立，都缺乏此岸的桥。
她看到一些秋天的忙碌、春天的糖分，
世上的岔路们通向一个个不同的棋局吗？
过于小心的秉持，是因为幸福的幻觉
绽放如桃花，在她伸手的刹那灰飞烟灭。
人间小小的关联，是那样紧密、确信，
谁说烟云中没一座房屋，命名为"我们"？

"我们"是多么充实的光耀，如果能信赖，
我们将要收纳一切烟云的源泉，把世界的
格局重理。他们将给每一片雪花
一个形状，他们的生活的想象没有因衰老
而疲枯过。我找一个方法，为了把光明
映照在困难的迷宫之上，因而这世界

再不是困难的。我的强求在今日缄默。

而世界依然是缤纷而盛大,如夏天早晨
新的市集每天都不同。你看这条分叉,
它有多根本呢?梦想从来不该是稳定的,
可我拥抱着软肋们,爱让人忽而高亢
忽而固执于回忆。在阳光匮乏的成都平原
许愿,但心的友谊要保守秘密。你看
那山山水水的长途,需要光耀反复到来。

晦暗的年华
——听《北方女王》而作

这里的秋天,胜过任何一个秋天。
在远方的清晨里她想到那些说谎,
在畅春新园外面,脏乱的街口,
他们播种过杂芜的心,他们谈话、
撸串、喝酒,把微信翻过来扣上。
那时候黑夜也单纯些,灯火倒流
映在地面的水坑里,也像明珠暗投的
那些春光。她想起那些春光
总是又寂寞又温柔,那些回不去的
海淀傍晚,和匆匆走散的人们。

很多年后,温柔的故事并不必然
都有好结局。她想起那些麻辣烫
摊位,渐渐修建得规整的北京大学,
再回去,可能是会迷路的吧。
黑夜的幕布一层层流泻下来,心
埋得更深,品尝晦暗的乐趣。
或者在成都,等不到逗号句号
却也绝望到无所谓了。打开手机,
她就震惊于一种昂贵的人际病。
活着,活在刀锋与花丛的对垒里。

可是还有什么?那些跳舞的树丛
在风中延宕一些落地的时刻。
她写过许多北方,许多北方的酒
深深地在血里流淌。后悔的时刻吗?
在深心里告别过,但终于徘徊着
降落在一个悄悄的地方,并不知道
他是否在前方迎候。她想再开口,
说不出一句"亲爱的先生",但漂亮的修辞
可以蒙混,漂亮的灵魂
会蒙混更多。年华啊,谁都没有归路。

礼 物

想起那一些时候我就感到成年的困厄。
在成都新郊区的夜晚,送外卖的、
买菜的、接小孩的……你不能不觉得心里
秃噜出了一块,带着隐私的一点点羞惭。

但找不到家的鸟儿是很寒碜的,
即便我对神的儿子仍抱有海子式的感动。
城市的车流红灯接着红灯,我的血管
突然抽空,劳工命的孤身者已无法神圣。

我也想告诉一个更高的存在:有一个好人,
我爱他像爱这个人世的希望。我们都有过
一样的爱,一样的得不到爱,所以可能是
最陌生的亲人。我没有上帝可以说这些话。

好人不会发光,好人悄悄递来洁净的水源
洗净心灵。我们的残局里还会有一场建设吗?
曾经的礼物太贵,落泪是过于冲动的事。
因为很多愧悔和债,我的心痛着变得繁复。

群山之冷

当初群山并不是冷的,你伸手
反复确认过月亮。我们生活的营造
过苛了,秦淮水冷,悲风瑟瑟。

只有一位壮士用出塞的胸怀
荡涤过这片家园,让我们凝结
在自我反复的忧恐和不能之中。

只有美丽的秦淮女子,轻轻翻页
轻轻叹息,绝代的美丽比绝代的国士
还要清洁一些的,化作桥边芍药。

一个词人自歌自叹,家国轰然颓倒,
是宋的季世,勾栏瓦肆的唱和里
一双姊妹擅歌擅奏,是谁并枝的蜡梅。

到了晚岁,他说女子唱歌比说话美,
说神话比谈话还更珍贵。他说
何逊可惜老了,不然心里枝枝节节的

在乱世做着梅花的梦,梦是多么好。

又过了很多年,那些美丽的李香君们
在舞台上惊艳了一些年代,一些

亦弱亦刚的知识分子,他们盲眼
注视金陵的山岳,旖旎风景也荡开
战火里一些文明的梦。可是悲风

吹着,吹响千秋万代的钟鼓,
世上的大叙事都是小小的凡人们
编织的。不然你看那二十四桥的水波

岂不是比董狐还更含蓄和见证?
一夜桨声灯影,忧来不可断绝。
我在这时才稍感那些易代的学人

在叹息什么。真的猛士总要立功,
文人背负了过多的文明,过于丰富
所以脆弱吗?心在描画春天的江南。

他从小小的歌楼眺望,红烛晃眼,
美好生活刺瞎一些洞见。疲惫半生,
那些蝴蝶,那些莺莺燕燕的美,

终于盘旋着消融在老年的记忆里,
像雪花的落地。剩余无从管束的愁绪
如淮南皓月,冷却千山的棋盘。

花　间
——辛丑中秋写梦

团团的花面簇拥着他，这仙家的
三寸地，不能倾吐太多。
会不会偶遇李白、姮娥或者菊花仙？
秋意从每一面风的方向吹来。

精灵们营建着明月中的伟大蜃楼，
她想飞升抛弃万千步履，鸟儿的
弃世，让她在楼台里遇见他。
梦里群芳的红色也是泪作底色，
是不是可以忘记，在石窟里
千年佛颜为了人间色香才天真了。

天真了，美了，没了握住的可能，
虞美人开得到处如同忘却，今夜的
月下也有华宴吗？她想起故事里
双双的金鹧鸪，也曾嘲笑过
这些小小的幽闭的果实，正青春
本当是开阔的自在地，但千秋事
在红楼里商量透了，也不过是此刻。

此刻,千金的孤独燃在菩萨心里。
菩萨也问过自己,度一切众生
是真实的吗?像个学不够的小尼
她感到花间的人之爱了,那样郁
且热的天气,那样多挥霍的美,
这个空难道真的不及全人类的空?
人类是寂寞的,怎能没有花?

豆蔻枝头,一片旖旎的风光
只能在秋天寒凉下来么?她望去,
"此地是美的妆台,不可有悲哀。"
远处仿佛有鱼落和雁飞,双鲤鱼
就摆在电子屏幕上,也那样缤纷啊。
在月下,他会抽一支烟望南方,
她在南方看海涌起,洗万家的灯。

蜀中抒怀

你好我的亲爱的,我们很久不见,
不说近况的时候就各自锤炼,在月亮
巨大的冷淡下面,夜生活琳琅
满目,文字工作者向往街头狂欢。

嘿,我的亲爱的,我在学校里上课

讲诗和文学的观念，夜里秋天的凉风
多像从十来年前的晚自习后吹来，
新老师背书包如整齐的少年，多年
过去以后，她还在收听更好的明天。

八十年代的感动是健康的，亲爱的或许
你喜欢《你的样子》，我喜欢《明天会更好》，
那些酒一样浓深的夜色、不太凛冽的风
让我过分思念一些从来没有的人。
你来和我一道深呼吸这馥郁的年代吧，
学生时代走校园商业街，
那样土味摩登，山寨了人类自由王国。

我在高校的夜色下七步成诗，命
是要紧的，所以那些项目书长长短短，
埋葬了青春，或终于是慌张的、焦灼的、
空幻的打工之年。我亲爱的朋友，
把未央歌压榨了一年又一年后，我亲爱的
年代的记忆者，铡刀落下切分所有盛年。

你是美丽、美丽、美丽的致幻。我倾听
他们赛跑跑出亚洲劳动密集型的呼喊。
"劳动"，在一本哲学书里，劳动是
为了诅咒旧世界，在网红的现代城市，
劳动的奇观被消费得那样疲劳、那样顺从、

那样好看。我的亲爱的,人在家中宅,
社会关系也会纷纷从深网上找来。

不纯的时空,挪移的位置,我离别的悄悄
换十日的笙箫。哪里有夜晚的康桥?
辞别的才子之唱里我找不到故人,
爆款的诗才不会胡乱埋没于伟大的年代,
可多情自古伤离别啊!看大地被风雨化育,
看萌生新花新枝无甚意义,我的胸怀
被北方的洪流拥塞,只好失忆又失眠。

亲爱的,你见过北极星的心事吗?
万古愁愁得青春常在,起朱楼宴客好心意
也再不遗憾人间聚散了。可是,可是,
文学青年的梦在夜半朗朗铺开,乾坤光明。
梦里的事情,无非是轩窗里的老抒情,
过于情长了,干燥的年份并不适应。
你挂念远方人吗?她写盛年的《陈情令》,
如同捕风,如同轻罗小扇,秋日只余流萤。

成都一夜
——为失败的面试而作

天空寒冷潮湿,有大块凝结的玉,

在夜晚细雨会迷蒙所有的人际关系，
而你的反抗是一首诗，你背对大海
像背对一个诗人的抒情资格证。

经过疫情以后，灯红酒绿的繁华带
又要恢复。那些情人们接受过测温
进入百货商店。嗳！活着在成都
是容易的随意的，只要不自我刁难。

可我体内黑夜化而为血，并不安分。
前年冬天，我到电影院看地球
最后的夜晚，我和我的恋人
都在梦里觅团圆，大白天全人类

也要互相伤害才过关啊。他们飞
在天上，飞过午夜的成都，互相爱
且供能，互相挥霍人生唯一的
一点值得，直到天亮排布了空心人。

这个月开头不大好，我上交论文
如上缴一年的学术欠费，以至交完
便塌了半壁江山，你们要的优秀
造就了我的一再败走，世界多挑剔，

励志剧演员一卸妆就要怀疑自己。

我的人设呢？赤裸着脆弱和真心的
天真与经验不可兼容的电子人
要怎么做梦呢？要怎么在梦中

被拥抱着浮过那些远山近水，痛苦
于自己是否尚能痛苦？胆小的女生
躲避了近三十年人生的大舞台
就躲避了人生么？我多么想一跃

而起，去歌唱那些摧折了的芦苇们。
不是让暴风雨更猛烈就能解决
这一代代的受苦，一代代的平庸啊！
不是一根小小的倒刺翻出，就能痛

这个虚构的共同体啊！你是倒刺？
你需要效率之神、竞技与战争之神的
加冕吗？你左手撑开杞人的天
右手就书写你的受难，难道有

一个林黛玉，来为你流下共情的
知己的泪水？世间好物不坚牢，
我热情地浪费自己的美德，但人心
果真是一种叹为观止的损耗赛吗？

在对黑夜的肉身体会里，我徘徊着，

那些灯火一点一滴,难道不是为别人
幸福而点起?而我暗中觊觎着
这样的人间奢侈,这样的反差

把我更永恒地固定在觊觎的位置,
啊!朋友们,如果有的话,我
已不再把光作为生命的日用品。
我有幽暗但容留的心地,我羡慕

我没有的那些名词,那些据说
是让人发光和健康的东西。瞧,
他是多么阳光,名词里的分野是
霸道,或许也公正?我没有的品质

保佑你们的一生。夜里
有一切人,成都的夜是温和的,
成都的夜有我认识而不属于的人们。
那么多年以后,有的伤已不痛了,

或许是永远。我在电脑屏前打字,
晦暗的履历,梦中的片刻美满,
让我把世界之夜的故事用方言讲过,
成都风光淡泊,你会判它优秀否?

沈从文写情书

又到沈从文写情书的时候了。
窗如镜,灯尚明,文学单身汉
刚刚打酒过湘西,出不了龙朱
就出一位虎雏,逸兴遄飞过了
却自愿钻牛角。你看他梦笔
生花夜,致乌云里的黑公主,
文学青年走险路,总把衷肠诉。

爱的事业能到几时?青年教师
在蛤蟆痴人堆里,能排几号呢?
可他会捶拳、痛哭、像小钢炉,
热情不会自己冷凝,在每日
的边角料里,他又开始写了。
多年后这一封封情书,在合肥
也在主妇的心上,都毁于战火。

小姐们看似豁达,但总是女人,
照例把文字看得太重,沈从文
血液里的发动机,在战天斗地,
从事热情的事业要全力以赴。
你越活越好,一步步向高处,

你会记得那青岛海滩，那黄裙
女郎，那远方的抽屉等小贝壳？

历史虚无主义是不对的，爱情
虚无主义更要不得。我要唱，
像鹰要飞、马要饮水，全草原
的新鲜汁水都在我眼中翻滚。
你爱我吗？她搂住两个儿子。
人有病天知否？朝闻夕死之际
人总要认怂于命运。那些鲜花

是一朵朵短命的墓碑，那爱人
的身影，耗尽耿耿星河到曙天。
其实沈从文情书，最美的一封
叫翠翠，"我已为你创造奇迹，
创造美。"美即是死，是例外，
是永恒。强韧的不是兴亡世变，
是那纸上楼阁，人间烟火伴随。

张慧君的诗

八　月

紫薇花开着,步履不停。
人生的羁绊,在消逝中到来。
母亲、丈夫、孩子,借用了
已臻成熟的,秋天的苹果园。
他们偶然,被给予,能使我超越
精神。为着生活,我学会分享普通
事物中的力量。为着生活,我学会
眺望。这透彻的目光,那朴素的东西,
那些被光所照亮的,我的命运,
到来。那些色彩、形状,那些源泉,
在我的生命,种下第一株苹果树。

山　水

我像草原上的羊安然度过了又一个冬天。
春日天黑以后,偶尔遭遇梦魇。
这个清晨醒来,适当的气温、适当的湿度——
看着太阳升起,由红色变为黄色,轮廓清晰的圆
变得模糊,放射出光芒,光焰倏长。
这不暗淡的形象像诱人的食物。

向着太阳扬帆,向着沃土、树林和晚樱,
东边的海和南边的江水与湖,
仿佛可以牵动的水波,和山水里的精神。
领悟那肮脏的变为干净的,那纷纭的变为简淡的。
除此以外,我还能怎么办?

承　认

不能唤醒身边人,说
"这束月光多美";
室内,没有两个趣味相合的
诗人。月亮正悬在窗外,
接近圆,显得很明亮。
它宣告着美丽、冷静、高贵,
不同于草木,不同于黄琉璃瓦,
不同于脆弱、易损、思维变幻的我。
一些黑暗被驱散了

羞　惭

我期待活半个世纪以上,这个念头
使我羞惭。我的祖父,一九二六年生。
我的祖母,曾将不少药瓶摆列在我童年时

最心爱的房间，仿佛它们都是珠宝。
她看出眼前这个正为初恋烦恼的忧郁少女没有
善于倾听的耳朵，尽管我已同时是山鲁佐德和国王，
多少故事，讲给失眠的自己。当我疑惑于
一个人何以能在场于另一人的痛楚，
并想要追溯令我羞惭的万古愁时，
而今剩下难以脱手的旧房、旧照片，和她的烹饪的湮灭。
世界裹挟着我们变化，于是有了表述的需要。
要抵达幸存者式的和解。镌刻现在，即是镌刻记忆。
但即使这，也令我想起我背弃了医学生誓言，
也曾无法治愈，不忍做冷酷的诊断，
想起所有的，人的徒劳无功。

世界之美

真的是秋天了，
天气凉了，
整理衣橱，换上合季节的衣服。
工作要继续，
生育和养育是牺牲。
家里有做不完的事务，
还要重复地为女儿读书，
陪她搭积木、玩彩泥、唱歌，
而母亲分担了许多。

母亲被困在这异乡。
但在家乡，关起门来，
父亲仍习惯地辱骂她。
疲惫不堪，
女儿睡后，可以休息了。
我震惊于"人生何如，
为什么这么悲凉"。
我爱真理有美和愉悦伴随
进入我心，
但有时，真理带着痛苦
来到。
鉴赏和爱皆是难事。
我醒悟在世界之中
为自己做舞台布景是不对的，
我将从此热爱真实。

清　晨

我醒来。第一眼，看见一双
明亮生动的
婴孩的眼眸。

眸子里流动对依恋的恳求。
唯有它们，能赋予

普遍的、概念的人类以爱。

我醒来。广阔的草原,穿过
一株被囚的绿草。纯粹的理性、
饱满的感性,联合头脑里所有的
天赋观念,和我一同醒来。

这里,是分界线——
每天一次,就像一个人
来到一座明亮的飞机场
站在接机口。

穿夏日的衣服的人们,
到来。
梦幻的传统奔驰。
梦幻是最轻的。对天堂
光辉的深思也到来。

惊　赞

三年了,我仍然常常惊奇,
在这个有熟悉面孔和嗓音的家中,
出现了你的新面孔,三年了,
你依然让我感到陌生。

你的苹果般的圆脸庞，笑弯的乌黑眼睛，
可爱的梨涡，稚嫩的身体，
你的淘气贪玩，
都是佳妙处。
但有时，我在你的脸上看见了一个我，
比镜中的我更生动；
有时，我认为两代人的精华
凝聚在了你这里。
你有九十六公分了，
有时还躺在地上，蜷起双腿，
就像还留有源于另一个地方——
母腹——的旧习。
我已是一个完整的圆，
我不再在自身之中经历台风、
熔岩喷发、狂涛巨澜和痛苦的爆裂；
也接受了我不外露的犀利和讥刺。
我顺从于人的孤独。
也愿你我之间，
无伤害无罅隙。
我经验了你的诞生，
感受了时间，
你牵引我回眸，关切当代，
也愿眺望笼罩于迷雾的未来。
我曾忧虑过你的出生，
现在害怕时间终结，

愿生长没有终点，愿世代有永远。
每逢笑意盈盈地看你之时，
你还唤醒了，我对美的理想的想象。

给女儿的抒情诗

那时，你美妙极了，
你戴着我们手工制作的彩色串珠项链和手链，
在沙发上，半盖着被子，吃让你满足的
牛乳味饼干。快乐是你生命的闪光。你对我说
喜欢上幼儿园喜欢做妈妈喜欢在厨房做吃的[1]。
你如此好看。你如赫利孔山的清泉，我畅饮，
你赋予我灵感。你不是我所造的，永远地遥遥
超出我的创造能力。我想到将我们联结在一起的
神秘的成熟卵子，它的奥秘巨大
而神奇。你也令我惊异。你仿佛
济慈两百年前赞颂的快乐的夜莺，
你的所在，是响着嘹亮妙乐的林中，我在
凝眸注视你时凭幻想抵达放开歌喉的你[2]。

---

[1] 此句是孩童的童稚语言，指玩游戏时扮演玩偶的妈妈，在玩具厨房做吃食。

[2] 此句将孩子比作林中歌唱的夜莺，这个幻象是通过幻想抵达的。

睡前，我亲吻你如丝绸般柔滑的黑头发，
你可爱细嫩的脸蛋。我等待你进入香甜的睡眠
再抱到床上，摘下项链。在等待中，我心想，
你是一个奇迹，仅见到你的人会想什么？
他们会揣想，她的父亲是个英俊男人，她的母亲
是个漂亮女人，她是因深厚的爱情
来到尘寰，这适合对幸福的人讲，对
悲伤的人讲。那刻，我骤然惊愕，我感觉
到了此前从未感觉到的宽容和优雅。

温　暖

我们在冷空气中走着时，
我给女儿指那又大又圆满的月亮看，
女儿说："月亮在带着我们回家！"
等到了楼下，她又说："月亮把我们送回家了。"
我没有理由喜欢这个样子的自身，
但你却像金子一样好，
你说出的每一句话都披着曙光。
想去赞美你却忧愁，这并非玩意儿。
但丁的一颗燃烧的心给贝雅特丽齐吞下，
他用光辉的语言写高贵的东西。
母亲被女儿激动时，她也着迷了。
又像先民发现了美丽的石头——玉，

匠人花费多少精力、劳动，
开始是对工具和日常用器的贵重模仿，
制造出不普通的玉器。
美浪费人工。当你睡了，
我吻了又吻，你娇嫩的脸，柔软的
手，你动了一下，翻了个身。
关上门，我在客厅的饭桌上读书，
上面的电水壶和玻璃杯，也是
高贵的。真的，平等被重建了，
在共同生活中，爱也不枯萎。

坚　韧

自亲爱的伍尔夫那篇流光溢彩的著名散文，
已有将近一个世纪了，
虽然我眼下没有一间自己的房间，
但我能自由、无畏地写作。
我不以为会有将临的理想社会，旧日有黄金时代，
多数人保守，因循守旧，不轻易自己改变一支毫毛[①]，
但妇女运动的漫漫长路，为我赢得了应有的权利。

---

① "一支毫毛"，出自"呵，造物的皮鞭没有到中国的脊梁上时，中国便永远是这一样的中国，决不肯自己改变一支毫毛！"（见鲁迅《头发的故事》）。

我爱将自己完全陷入诸多光彩夺目的女作家们的
漂亮辞藻中,陷入她们跃然纸上的声吻,
翻越被照亮的纸页的栅栏,战栗地来到
开花的树下,崇拜、爱慕、默读,
直到其间没有屏障地融为一体。
我也有苦恼和困难,我曾一面哺乳,
另一条手臂举着书看,饱受丈夫的大男子气,
在阅读和陪伴孩子嬉戏玩耍两者中
平衡得辛苦,我道出这鸡零狗碎的常人琐事
与你共享,若你喜爱看书、做梦,
有志于写作且有雄心壮志,不拘习俗,
因才华之逝,情同魂魄散,春红落尽。
但意志坚决,任生命向完结与虚无流逝,
且笔耕不辍,你会惊喜地得了求鱼之筌。

张石然的诗

崂山即景·黎明
——给起哉

天已经有些微亮,马上就要通透
我们彻聊了一晚,为讨论黎明
蛙声如鼓,这是我第一次听到
世界的海潮在此刻终于安静
一场没有人烟的日出,老树折枝
东海岸线藏起了初升的朝日
但是天更亮了,海平面不再模糊
骄傲地承认粉白色的分界线
有一些谜你不懂,而我也在探索
像潮水复生,周而复始
现在,鱼肚白消失,我们比南方
更早一步醒来。你总该确信
在黎明时刻,这个星球的不远处
有一颗恒星在期待它的降临

旅　行

1

这一次,我终于没有把一部分自己
遗落在记忆的原地。天色已暮
城市掀起一阵古老的按揭晚风
而我就这样离开,乘坐倾斜的世界
从一个熟悉转移到另一个熟悉中

那具早已习惯震荡的躯体,再一次
震荡,碰撞对它来说,很早就不新鲜
也没有更加翠绿的事物,全意地
种植它的心,只是时而灰寂的默语
像丝线,在细织上构筑
第二颗跳动的源泉

我想,从催眠的世界中醒来,不如睡去
不如被这个世界,不断地催眠而去
从一种时间中飞离,上升或向地下逃逸
成为旅者,时间的旅者,世界的旅者

到达,没有新的到达,没有词语
只是偶尔,我们从时间里降落

降落在熟悉的结构里,规则的秩序中
世界,我有时看见翠绿的事物
有时它们也种植着我干枯的心

2

因紧张而合锁的头颅微微颤动
巨大的电制品缓缓地把你送入世界的龙口
灰黑的、斑白的,看起来你所经历的
并不少于这个世界本身,电车哐鸣
车,足够多的车你已经熟悉,把路径
在心里反复勾绘,一遍、一遍、一遍……
仍是相同的路,并不用太过费神

就像再度进入秋天,依旧熟悉的秋天
温暖而轻盈,阳光也毫不吝啬
让人相信它仍是人生的时刻,为时未晚
我通通杀死的东西,其实通通都没有
被杀死,美好的比喻再度全部成立
路,熟悉的路,谙熟于心的路,我走着

只是,在平坦的机场,在我遥远的
时刻表上,忽而停顿了一辆飞机
也许很快就不再一样,列车发动之时
我猜,也许很快从长长的蛇变成
一架长翅膀的飞鸟,它老练却羽翼未丰

飞 行

为一张钻入地缝消失的电话卡通通风
我打开舷窗,这是一次毫无准备的尝试
大地上升起众神的灵魂,交界
在天地之间。世界拉起了白纱般轻盈的帘
黑暗包围我,平生从未如此渺小过
星星像一棵开满繁花的树,此刻
我看见它们出现在夜织的每一个位置上
无垠的宇宙!如此旷远
所有顿然消失的人们
原来有一天我重新真切地见到你们
远远近近,在天际之上,遥望,人间星火点点
到底是谁的笔墨,在地平线上走舞龙蛇
为世界升腾起灵魂的大雾,像山
一样倒来,又像海浪一样排开去
原来我们在安然的母体内享用多时了
囿于分辨真实与虚假
为垂直的世界奔波
而当我从人间的梦里醒来,打开舷窗
我们飞行在结界一般的地方
被黑暗包围,却又光明无比
我看见河流、土地、沙漠和迷雾

在命运的光环里轮转
它同样远近流逝,变幻着它的样子
我无言以歌,唯独为飞行而作
为飞行,向着飞行而飞行

当它们渐成为你一生的奔跑

我无需隐藏,爱使我活过来
像你温暖的血滴落在我
已经迟暮的身体里
怎样的行走使这个冬天平坦
怎样的爱,就使我复苏
我受难的身体,好像嶙峋的棋子
在傲骨丛生的冬日里辗转
当它们,渐成为我一生的奔跑
水仙也不再囿于枯萎的形状
当它们,全部舒张开水晶的翅翼
我的十八个身体就全部醒来
你于是知道,我所有的雪
刚刚好触及了我们一生的长度

蓝

为你蓝色的心揭开面纱，亲爱的
你的心是这样的蓝色，火焰的蓝色
像水晶一样透明的蓝色，我第一次看见它们
看见它们像碎珠一样，种植在你的心
也在我的心

雨天是蓝色的，行走是蓝色的
阴郁是蓝色的，亲吻也是蓝色的
有时候我面向你，看见蓝色的大海
我背过身去，身体都是潮潮的蓝

我长出了鱼的肺，蓝色的肺
它们吐出蓝色的泡沫，变成一串长长的烟雾
蓝色的海底，覆盖着蓝色的灰尘
游弋里，我看见一个深深的蓝色的峡谷

当然，我也见到了更广阔的蓝
在我们之外，划出一条深邃的边界
像玻璃的海洋，我有时在它之外，有时就在其中
但是亲爱的，我想告诉你的蓝
是无限接近于透明的蓝
我们在里面游泳，直到海水消失

在哈德逊河畔的公园

秋深了,你站在镜子面前换衣服
像一棵树一样,撑开伸直的手臂
你往脖子上挂一串红色的果实。天冷了
你变得像一棵热情的丰收的树

公园的长椅上刻着:
我们的生命,亦是他者的一部分
一只黑色的狗迈开它修长的腿
一群人从我面前经过,又走回

然后他走了过来,穿着紫色的卫衣,
头戴耳机。下午五点,我们去看秋天的海。
太阳已经落山了,湖水
在蓝色的暮霭中更显年轻。
我们穿过落叶的小道,寒意
像退去的潮水一样
涌上我们的身体
我走到湖边,和他面对面站着
距离,让我们变得更加温暖

昨天夜里下过雨,金黄的叶子里

有干爽的潮湿，我想起
上个秋天很快过去，那时候大雪
覆盖了我们额头上的皱纹

栈桥公园

十七楼，风如此冷冽
大海在雾中，终于露出它浪白色的裙边
白天没有新意，即使是在陌生的城市
我们也像词语一样走散、背离
在沙滩，在弯曲的山路
隐晦的海滨浴场，游人如织
灰白的天气是一个巨大的迷思
天使究竟藏在何处
我不再沉迷于无边的恐惧
也不再叩问，一粒贝壳的回音
听，海的咸腥向城市鸣笛
不必穷尽一个圆周之外的秘密
我们的旅途没有终点
在哪里结束，就从哪里开始
太阳落下山去，我们在海里望着

苏晗的诗

在云南

那时候,他不太老,但也
不再年轻了。从呈贡到昆明,讲一讲课,
编编稿子,一天的时间就这样耗完。
局促的后方,牌戏、聚茶、闹新式恋爱。
于是想到炮火中的北平,总是不安;
或者上海,也从没有这样寂静。
那时代,酵出苦恼的空气。
他散步,走着走着就停住了,
没什么被允许期待。

偶尔三两个青年,突然来访,
就请出芝麻脆饼、泡了小枣儿的
清茶。"纸面功夫,端好了像一盏凉水。"
他将薄薄的手掌摊平,那青年坐定,
白净净的,扬起下巴。城门楼停满鸽子,
打煤的扁担行过,吱呀呀响起来。
他们从西北回来,从重庆回来,
从那避不可避的真实里
淘滤出雾状的风景。
能贡献什么呢?不具名的上帝
少了力气,又缺了点心思。

恍惚中，也看到缅甸和腾冲，雪山
从半空垂落下来；也想要喝酒，
放开喉咙，把精力挥霍得干干净净，
睡一觉到下世纪。

邻壁的练兵声又起了，
年轻的在唱歌，篱墙之外，
远地的人们，仍怀着脆弱的希望吗？
他依旧瘦小、土气，对未来毫无戒心。
"我又梦到那早晨的风暴，
门前的草地在不知觉中变湿，
荃弟从河边
拎来一条断了尾鳍的青鱼。"
他牵紧自己的男孩，沿来路返回。
黄昏了，那些光明和晦暗的都混在一起，
人类和蚂蚁也是。
他看见的"永恒"是雨中一摊红泥，
气味是那么新鲜，
那么光亮，这堕落的半冷的肢躯。

食 客

铁路附近的小面馆
临近正午，日光是冰凉的

桌前泡着酸萝卜，几粒大蒜
也早已成熟，安静地
悬在北方的边缘
这村庄是一面闪光的白瓷盘
坐着工人和列车员
三个闲游的人，像他们脱下的影子
偶尔兴奋地叫喊
你相信吗？我的视线可以轻易地
穿透那些拱形的背
穿透飘在空气中的麦麸
当他们在碗里堆起卤好的豆皮
一枚鸡蛋，几颗干的红辣椒
不关心任何，除了倒映在
热汤里融化的脸
猜猜吧，或许是饿了，或许
只为了背对我们，藏起富足的法则？
人们从灰土地中探出头
戴着红红的线帽
三五成群，打量这三个跛足的人
——还会吹起口哨吗
会邀请巡游者坐到晒场中央
打开空空的胃
使彼此的羞愧更易于理解吗
哦，故事演过一次
便不会再演

这是失去了方言的北方
不再愤怒，倦于交谈
只有动物感到饥饿，捡麦子
眼睛闭上又睁开
两个放学的男孩逐闹
更多鲜艳的男孩插满了窗台
细小的风车载着他们
这平原滚滚向前
我们全不理会
我们像走失的小牛一样埋头大嚼
吞着浓褐色的酱汁
牙齿粗大
发出短促而幸福的呼噜声

剪松树

人在松下，像一枚一枚松果
长出瘦长的胳臂。
正是中午，阳光把长铁钳镀上光泽，
与松林的明媚统一。
他们剪松枝，把绿色的孔雀尾
拥上肉体的肩膊，尖利
但显得伤感，绝不会刺伤什么。

这使得每一回头都看见风景。
剪松树,被细碎的光斑笼罩,一只
猫纹的斯芬克斯,开始述说。
不必追溯到童年,即使
盐味的祖母比往日更年轻;
也不必,为铁轨上捡星星的孩子犹疑。
那消失了的,此刻
正往枝头蘖出一丛丛不可见的芒刺
在断面的浅棕色瘢纹的最虚无处

琥珀呵!一只金色梗犬!
松林中鼠迹臊突,阴暗的边际
慢慢撕出灿烂的轮廓。
它们会回来吗?还是说
消失本身更让人愉悦?
在广阔的阴影中,人们仍在修剪,
记忆越来越干枯。
而松木孑立,像一个扁帽行僧——
在他生根的脚缘,更多的果实下落。

风　景

冲进雪景的人,怀各自心事
尽管寒冷并不浩大,黑暗处飘来

几经虚构,融成黑漆漆水坑,
托起斑驳叶魂,发咸。
你在黑暗里兀自叹惊,
那细碎的,钻进脖子里热烈的
凉意——身体响动,发明如迷宫。

道路阒静:写诗的人掩藏,白蚁
将俗世雕琢出岬角的微澜。
空中平衡木,你攀上,发梢结了些冰。
明明是择异路,却为何,总收束相同风景?
路灯一枝枝,抛出温黄花朵
旧照片俯身就影,如传统,隔百米
就清晰一次。

雪粒从过去飞旋而来,你年轻的脸
也显出老相:恍惚一世纪,
排演的新旧角色,路灯底下,
辨出些脆弱的结晶体。
几株老槐,不睡的楼群,
熄了瞳孔,灭了气势,暗里青山连绵。
放眼,道路在边界练习缝纫,
绣几束花草,伤感锁边,纵仍是
灿白光中飞绕,闭着眼独语。
——深吸一口气,不躲闪。

分别时，雪与非雪已定义出明暗
风景肃净，埋伏在眼色里。
街口几杆路牌，天亮前互道晚安：
山高水长，必有邻。

沙　湖

午饭过后，你牵一页风筝，往北面走，
来往的行人不多，注意力无法集中。
石竹花闪亮的白边，正吞吐潮湿：
"走，我们看江去。"

你深知水的颜色，正如深知
南下的朋友，牵着若有若无的期待。
事态毫无好转，武汉胸闷的天气
仍像未起开的啤酒，在心中酝酿着金黄。

夏季之姿多么丰饶！晚樱、柳、无风。
沙湖公园，中年的自白派对镜，咿呀学语。
二胡配合黄梅戏，正中青黄不接的灰心——
一切被封入雨霾的塑囊。

你一瓣一瓣拨记忆的花蕾，找下海的决心，
找不该的爱，能否在回溯中结籽开花。

长久地深耕细作,已懂得爱人爱己,
懂得餐后散步,熨平眼内忧郁的风波。

"长江还远……"正对南水深处的月夜,
我感叹沙湖是难以北调的他山石。
游船继续空无,旧皮鞋冲突于青波阵,
远处有小孩的声音,鹭鸶般飞过极开阔的湖面。

载　驰

"往前,再往前。"把右手,锁进
储物的关口。路途横贯如笔
一个世界跋涉而来,边缘颤动悠悠
答应你,只是观看、行走,不探听众物原形。

它们列队站好,备守缤纷的心意
"货物已收拾井然。"指尖撩落
冻紧的虾球鱼跃于滨海的笼子
鸡翅裸露着,肤色严厉。
周身的人士在冰层中逐一隐现,谈笑
风生。向后,你嗅着回归的索迹

纷乱如云,九月的超市挂满声音
腥味的传送带,无望的旅行之钟

手指检阅一列列货架，勘探晚餐的据点
红绿渐次斑斓，似弹奏："秀色可餐。"
模棱的行程肖然如燕，你拣选必要的马蹄
把不必要的，扔进黧黑的水箱

秩序尾随而来，入口处
新漆的影子总驰心向外，左左右右相似
你蹲进空荡的篮子：一枚青杏正等待挑选
就这样，等待起跳并宣告失败。

谢雨新的诗

未曾谋面的青海湖

因为喝醉了酒
我们没能看见,
比天还纯净的海
比云彩还纯净的牦牛

也是因为喝醉了酒
我们用汉语和藏语高唱,
"希望见到的人
都是神一样的人
善良的人"

如果下一次再来到这里
而我们并未醉酒
那时,我不会说出任何悲伤的话
只会说——我们喜欢听的话
那些被老天爷眷顾的话

白塔山

时光披上淡蓝色的外衣

用以藏匿其中,用以寻觅。
水声如远钟
杳杳,以合适的嗓音
为白云和白塔斋祈。
没有什么美丽盛极而不衰
除了你。
黄河流到这里,
终于找到——
最适合用汉语书写的伏笔。

过草原

在兰州至呼和浩特的铁路线旁
满眼的绿色
按照三角形切割
重合。

野地和草原的边界——
是深浅不一的线,
是夏日里的光,
是人看到它时的相互作用。

九龙湖

风总会吹动水
听见温柔的细沙,
湖边漫步的人
有说不完的情话。

在飞机用尾端的白线
分割夕阳和月亮的时刻,
凤尾丝兰刚刚睡下
栾树绽满明亮的花。

冬　捕

阳光肆意而热烈,他的手极凉
刚触过鱼鳞的掌
把冰桶里略融的水
搅起泛着浮沫的白浪

冬日的水
因他投入其中的网
而起波澜

又因潜于水下的它
而起波澜

到了恰当的时候
他值得一声呐喊作为印记——
当它终于跃出水面,并拥有清晰
而可以辨认的面庞

盛　放

茉莉开了。每次走过书房
它都自在地香
短夜的灯,长日的梦
都不及它半分的善良

在日夜里沉醉的我们,望着它
说起岁月良多
也不知道
还有多少时光可以蹉跎

南方的秋

许多植物

不知倦怠地绿着
幸好,第一棵槭树红了叶子
走了不远
另外一棵槭树也红了几片

远方的云浓浓聚起
几重际遇
让素未谋面的人和故事
恰巧具有意义
同样,在这个季节的起止
木槿在开她的花
女贞在结她的种子

狗尾草

阳光照着它,风吹着它
它的种子
望着它的盔甲

时间总会向前
万物总会变迁
一株
顽强生长的狗尾草里
藏不住跃跃欲试的整个秋天

朝　市

这个沿海的地方
让不习惯起早的国度
也有了阳光

行走在吆喝声里,我不禁想象
百年前
那个初来仙台读书的文人
是否也会——在这里
和摊贩讨价还价,随后欣喜地
拎新鲜的章鱼和海鞘
回住处提刀

夏

风吹过众神的领子
于是有了夏天

不需要沉睡
就让一切事物
轰轰烈烈地生长——

这个季节的千百次夕阳下
早已埋藏好千万个
千亿个夜晚

于是树木生长，水草生长
鸟生长，牛羊生长
日月星辰生长
人和神一同
生长

而，在这个季节里所有蓬勃过的
都将静默无言
就好像屋顶落下风雨时
星星就无法挂在天空上面

轻井泽

绿要新的。

从木叶中漏下的阳光
从田地里采摘的饱满麦穗
从洁白绸缎上压制的衣褶
也都要新的。

正如
有关情感的誓言,
在这里开始的——
那些郑重而美好的时刻。

无尽夏

绣球花凋谢以后
我们要做些什么呢
饮酒、饮茶
饮长夏的雨水
都无益于消解这个日子

万物都有它的时刻——
这时刻,是不敢违背的
在众神之眼凝视下
肃穆
而短暂的欢愉

葭苇的诗

扁形鱼
——赠小琳

这时间里定有大美好。
但多数时候,我们:
溶进浓夜的两尾鱼。

夜为诗人量身建造了夜城,
供他们尽情走失。城外人
叫嚣着贫富、离别和生死。
白闪闪的叹息,每一个城镇的早市。

所以,没有人需要这样奢侈的
应卯之事。尤其是你,
这美丽的信女!又不妨称你
非虚构里的扁形人物。
高于普照,高于一炬……
却低于不成文的隐痛。

(这片水域,又一次为我们直视了夕阳……)

激滟,野趣,梅雨般的集体幻想,
男人的友谊总要依赖一些事物而发生。

（如鸬鹚听命于人工河上风的微咸……）

他们不知道的是，你我这两尾
红头小鱼，竟如何辨认了彼此。
共巢时，凭空生出燃烧的鳞，
生命——
因清凉的夜谈而永恒地
幻想了水。

世上的我

没有人离我像你那样远，
当春天轻燃的暖意抵达高原。
你所在的此地，并不因距离
而被归为北方。我是说，
某一刻，所有出场
而安静下来的羊群，
使得一切可涉：哈兰，云眼，
情人的哗变。情人的手
再柔软一些，云中就诞生
另一只羔羊。春天的聘礼下达前，
桃树已结出恬然的新娘，不及满山，
但也不会有人笑话她生得瘦。

借一江

更多沙岛来不及形成
就溃散。你误以为那是风,
千国城,湿的泥
昨天把我降温成沉默。

一条汉港该如何死亡?
当岸线停止向路人兜售风景。
有时候,我也生锈。

变成玻璃的早晨,水流颤动,
船头切进目光去向如斧头,
连同琐碎的桨声
劈。

嗓子极其安静的,
是那老河长,白云住在他身上。
他也有一个秘密的计划,比如
只在风波闪转时出现在浪的腹心,
并不过多留恋那本满是水痕的
巡河档案。

回家日

今天,母亲在厨房
煮两个人的饭。
她的手,要淘出世界上
最清澈的米水。
不为别的。对于此外
大部分事,她的力气
已不再富庶。

三十年,她的爱
仍是一颗白得透亮的米饭。
颜色,早已从衣饰和发色
剥落。她就时常
在那座普通的房子里坐着,
就坐着。
等候着生命中仅存的事物
形成相片。

那一日,女儿打扮成冬天的样子
出现在眼前。她的世界
就比任何人多出了一天。
下个春天,

还能再挤出绿芽吗？

多美啊！在她眼里。
一群人带着必要的欲望，
反复靠近。反复酝酿
必要的虔诚，
苛刻这份上帝的礼物。

她沉默了表达。
捍卫过许多日子的手，
垂于两侧。橱柜旁，
一种即刻降落的沉重来自身体，
在她踮起脚时。

体认爱的时刻

镜子，彩虹，桃子，星星
把它们请进这一刻

晾晒在阳光下的身体
在低处与云同行
行囊里只有一个小匣子
小到只能放下你的丑样子
那也是翻飞的蜻蜓一种

有时风大
回收我清凉的行踪
这时候，我不需要家
花花绿绿的钥匙
传送的不是抵达

每晚重新发芽的露水
没有痕迹证明
也没有痕迹否定
只有芨芨草的绿耳朵在听

那个最好的字
正由果实丰盈
它的身体住满了四季

走吧，上山去
黎明还在频繁张罗着明亮
一生看起来是一份邀请

勺园晚餐
——赠奕雄

春天是一大碗西红柿蛋汤

肚子暖，表情更暖

道理很简单，离开树荫
黑与白，好食物
不能没有好色彩

我们坐在这里
看天空派往餐桌的云
晃晃这花影，这浪白

一万头乳虎的饥饿
也学会遵守秩序，瘦虾米
拨一拨外婆菜

借饮太多清水
并没有让我们更加清澈
我看到流涎的本能
在更深处，变换着实现

别着急，慢慢儿来
汤过三巡
也尝尝我青脆的蔬菜

春暖时，不宜着急离开饭桌
我们还要去明亮的食谱里
散散步

泛舟一日

只是想把秘密带到湖上,
着地的双脚已攫不住
它跳脱的欲望。
跟着自己的倒影逃亡,却

划着倒桨。时日尚早,
岸边的八重樱,还未
开出火焰,焚烧不了
它水草般腥臊的气息。

密云的镶边精致得像它
最初的底细。在水波揉出的
响动中,一滴湖水轻轻摁住
它不知悔改的热情。

烈日和暴雨,都没有袭来。
泅渡,是一场自欺欺人的
停泊。等一朵游云也想歇歇脚,
就倚着心率不齐的桨声,

落湖而眠。并想起外婆

年轻时采菱角，晃坐于
木盆里，练习的那一种
平衡术。

寄黎士多

那火车没停。
黄昏于是传遍了整个草原。
黄昏小而静，而轻……我是说
一座湖泊。

十八岁，我的指缝，穿过湖水绵柔的快乐。
我学习早起，离家，在寂静处拐弯。
煮燕麦，用扭曲的寒风和文火。
一盎司的云，就够了。

后来，我爱恋过一位优伶。
我的爱，有山、有水、有教堂，
有读者。萨斯奎汉纳河畔，
格里高利在嗫嚅中失传。

失传，不单单是一个人的事
是城池，壁钟以银针完成的隐忍。
有一次，它甚至谋划了一场休止。

而后，是深远的空茫，它依然是。

步伐在加快却足不出诗。而句号
画在奉上圣洁的那一夜。俗事。
废墟之于雨花石。

善意人，远方有什么，你就是什么：
雪白是你，辽阔是你，恬静的恒星是你。

一层霜，一封信，你带着多少水里的繁星
给我的下一场好运？排练，转身，
失败另一场被禁止的事情。

时间回到一八九四年，你看见同一张脸。
纺车前，干哑而牵出柔软的线，
做孩子的衣裳。

而雨衣呢？以亚麻、以丙烯？以
北方比鱼篓还无用的使命？

偶尔顶撞一滴雨：这天空的盲针！
派遣什么？来读我的心：
一拢光。耳语辉煌，辉煌永远为耳语
留一盏月亮。

唯一的铆钉。夜色空明。
泥淖，锁链，粮草……
还在燃烧着驴子温柔的心。
你耳语我耳语它
——星空之下，不必识字。

京郊，看黎士多在信的结尾写道：
"你对人的信任有时甚至太浓烈，
我虽然觉得好笑，但也曾被感染到。"

夏露的诗

等待桃花

我不知道在春风抵达之前
这些桃树是否会反省
去年有哪些花开得不够好
甚至开错了地方
又是否想好了
今年的修订计划

我只想安慰它们:
一朵桃花是否能绽放
绽放的姿态如何
并不完全取决于桃树
它分明是
阳光、雨水和桃树合作的项目
如果还有园林工人插手
结果会更加意外

对于我这样的观众
只要桃花盛开
便清楚春天到来
便会感到无数的希望
像去年一样涌来
绝不计较它盛开的姿态

你的声音

雪覆盖了地面的一切
却无法覆盖你的声音

你是自由的鱼儿
偶尔在某处掀起细微的音浪
惹人四处张望
你却游向深处
不再回头

不再回头的
还有秋风中飘飞的落叶
还有落霞孤鹜的幻影
曾经试图穿越太平洋的低语
渐渐成为
这个冬夜最无奈的记忆

冬 思

我无法扫清所有的落叶
正如无法终止对你的思念

就让几片金黄的银杏
残留在我内心的绿野
这缤纷的色彩
让我想起你
不会有哀怨

黎明是相似的

黎明时分
河内西湖边的民宿
万物似乎静默如树
我听不见任何声响
没有人说话
没有情人低语
没有人失声痛哭
没有人惊慌尖叫
酒鬼、小偷以及失眠的女人
都勉强进入了梦乡
仿佛制造任何声音都是对黎明的不敬
仿佛城市
不过是远古的一座山峰
仿佛之间河水停止了流淌
千百年来
世界再怎么变幻

黎明总是这副模样
鸡鸣前后
星星坚持闪亮

我的内心下过无数场雪

我坐在温暖的房间
看着窗外的秃树
落叶已经化为尘土
永不归来
我是知道的
但我回避这些
更愿意跟你谈起去年春天
它们妩媚的神情
以及带给我的无数欢欣
我的内心下过无数次雪
把青春一段一段掩埋
我不愿去想那些寒冷
我只记住
你曾轻抚我冰凉的前额
用最温柔的声音
为我唱起一首古老的船歌
我愿意
用世间的珍宝

留住那些幸福的感觉

等待栀子花开

你必须有耐心
一阵春风可以吹绿小草
但绝对吹不开栀子花
它需要更炽烈的光
更多的温暖
也需要无数的夜晚
在星空下沉思
包裹得更紧
一旦决定把自己拆开
它便不管不顾
不再遮掩
把所有的狂喜
凝聚成浓郁的芳香
展开温柔的袭击

怀念岘港

想起岘港
记忆的海潮拍打心岸

欢乐的时光从遥远的天边
带着海鸥
以最温柔的声音
慰藉我此刻的孤独
不曾拾掇贝壳
没有想过带走一片云彩
我以为那里的海水
那里的星星和月亮
我抵达，和我离开
并没有什么区别
可是为什么想起海滩
想起我的蓝色连衣裙
会泪眼蒙眬
岘港的夕阳
曾用最浪漫的目光
追随我的每个脚印
而如今
它们已经消失殆尽

刘丽朵的诗

在黑暗中等

在一段漫长的时间我用手触到坚硬的壁橱
我心中的微波炉闪着焦光
薰和真澄没有眼睛看到我
黛山和雅子也是
我用了几年把她们的声音忘记

孤寂和谈天是一对哥老会
影子和雨水也是
在一段短暂的时间我洗着碗
我把碗抛起，它旋转着飞上太空
我的手一直在虚空处等着它飞回来

我曾在窗台下藏的那颗种子
已经发芽长出了圣诞树
圣诞树结了苹果
苹果裂开了
露出里面的桃心
而桃心里躺着恋人

孤独和孤独是一对圣诞老人
而他们都迷失在麋鹿的星星里

在第二个房间的第四个格子里
三十天没开过口的舌尖
突然触到了一个吻

一艘船

黑夜中浓黑色的行驶
黑衣的船员堪比海盗

一个人把一个黑色的零件
递给了他身边黑肤的朋友

半只船已经造好
把它放入海洋中

一只克隆船即将造好了
猴子已经爬上去搭桅杆

亲爱的我有一个孪生姐妹
哦不亲爱的,在时光机器中

我拥有她的全部记忆
她则抱着我穿越未来

在时光机器中每一道转折带来了她的转变
她的旧眉毛带有我二十岁时慵懒睡的折痕

怕

我站在你规定的地方等着害怕来临
那地方有冬天
长着一片陌生的景象
我所说的陌生对你同样陌生

隔着一些时间看到另一些时间
一些恐惧不能拯救另一些
镜中的女巫抚摸自己的皮肤
像一个乖巧的孩子
投入陌生人的怀抱
接受他的刀子

明亮阳光下的鬼
对着神情冷漠的姑娘
说:"拿去,这些药
不能让你愈合
没有什么
能够让你愈合
你从不开花结果。"

曹疏影的诗

太阳稀少,幸福亦然

"太阳稀少,幸福亦然。"
我坐听飞机的轰鸣声,想着甘斯布[①]这两句歌。
那个坐在钢琴前吸烟、有着悲剧性格的男人很美。
秋暮的天色很美。
人们在纷纷把自己点亮,当他们感觉到夜晚,
便总是怀疑自己无甚光芒。
其实他们都很美,本来不需要
那样特意坚忍,特意成熟。
他们着意选择别人走过的路的样子,难免让人心痛。
他们受了欺负刻意崛起的样子,也让人心痛。
我给你看一朵花,它的悲伤凉如水
而它从不为死亡去准备。
你的美也是这样的,你的孤独
也是这样的。

小西湾

雨季,动物感伤

---

① Gainsbourg。

小西湾是浊世白驨地
雨水也消不去它锡光暗点之鳞
曾为爱放慢脚步的,如今全在这街上匆匆

给 C

她掏出口红补妆
像玲珑刀锋,收割
我们刚刚说过的话

我转过头,不忍去看
这里面有忍耐、有恢弘、有气宇不凡
邀我去参与

世道变,
"而写作毕竟能堆积意义"
"而写作是朝向未来的"
我想未来,是静静
放进过去的一粒糖

此城此夜大寒
圣诞树郎当
我身边供暖的火炉筒

在对街玻璃窗腾起一束
镜像的火焰

有一小会儿
我们停下所有的话
兀自看倒影——
——流离之火
曾经是我，
后来发现是憧憧此城

我想说，那火焰的另一半
就是你手所执，
莺红之膏，
我们滞凝于此，
点亮最鲜艳的盐

冷记忆

季节转换的时候
她的热情也终于消散
冷雾凝结在镜子上
扑出一些霜纹
其实对宇宙来说
花纹是人类能缔结的一切

她一直这样看世界
那些人类想象、描绘下来的
各式各样的花纹
凝结了多少故事的情节
人类所曾有、能有的
情感与逻辑的化石
轻薄,透明,呼吸着的
季节转换的时候
她看看自己那枚镜上的
笑得仿佛深渊

我的首演①

她迫不及待
吃掉自己身上小小的火焰
没有人注意这件事,
只有我看到,只有我看到——那火焰也在吃她
暗影也吃她,瀑布和汇集而来的水母
都在吃她……
轻轻——我那样轻
把她放下,到地上,
然后向不知什么方向走去……

---

① 原标题为法语"Ma premiere swing"。

听皮亚芙 ①

想念一些强壮的人
她的声音就是
幼小时全家跨江野游时
从包里拿出野餐香肠的母亲
又沉默，又说笑
大江在她身畔

我被拖着横渡了第一次松花江
最小的表哥因害怕而被嘲笑

而母亲声音响亮
出江时，我的大腿轻敷了细沙
那是我第一次意识到腿的美
在鲜红的泳衣外

皮亚芙的声音，多像那时的妈妈的声音

---

① 原标题为"听 Piaf"。

新　年

新年庆典结束
所有少年跑出来
积雪仍旧闪烁
清雪又下起
我来到马路对面的公车站
那一年我十四岁
所有语言都是新鲜的
世界如同公车在雪地上也能辨认方向
只要愿意,我还可以双脚轮换
滑行着回家
把无论什么车辙甩在身后
就是那样的那一天
没有什么不是容易起驶,乐于暂停
那一天我喜欢祈使句,它就是杏黄色的
那一天没有风,清雪就又下起
松花江的冰层下,跳动着数不清的鱼

黄茜的诗

回　忆

我看见迷宫般的商场
挂着一条忧伤的黑裙子
我看见灰蒙蒙的早高峰，汽车驶过
错误的十字路口。空气凝重
花朵碎烂在空气里
人漂浮在花朵上

我看见老年、中年和青年
颤抖地捧读同一份报纸讣文
我看见吉他的弦声
模仿心跳，和少女眼角的泪痕
许多人来了，拖拽着壮丽
或腐朽的生活
有人在沉默中嘶吼
有人将更长久地沉默下去

在半明半昧的门廊
我看见记忆列队走过
语言嘈杂列队走过
故事和轶事缠绕跌撞
像一片热带海洋，它们盛大而哀伤

人人古怪地咧嘴——
因一个人的缺场，这聚会陡然变得
非凡的热闹与荒凉

我看见返程路上，潮汐散去
电台播报航天、元宇宙和国际消息
世界扑面而来，如同慰藉
假如我想象过这般场景
我无法想象它关于你

如今，已经过了半个夏天
一个秋天和半个冬天
我才醒过神来
当四季和风
都化作雕像——
我看见速朽和不朽
被一棵枯瘦的树反复玩味

大雨澳斯特的早晨

你在一趟空荡的列车上醒来
曾经亲密的事物正在消失
有一段新闻等待收尾

太多人企图闯入你的无意识
只是小角色，你知道，但你无法驱赶他们
你在铁轨拐弯处斜倚为一面镜子

你愿意和事物们待在一起，铁、水晶、
珍珠、泥土、青草、鱼类、书籍
不发声的，却让你感到踏实的事物

晨光轻柔的河里你漂浮
扎辫侍者端来黑咖啡，微苦、馥郁，
闻起来像被夏季蒸馏的热带雨林

他递给你硬币，笑容友善而神经质——
你望向窗外一小片孔雀蓝的海
一只非洲象在棕榈树下无聊地甩动长鼻

你在便笺纸上随便记点什么
繁忙的码头，白色和黄色的游艇、快艇、潜水艇
驳船、平底船，汽油桶搭建断续的浮桥

生活里那么多不确定需要忍受
你企图用手摁平一朵波浪
你等待一个丈夫变成情人——

一 觉

我心中有大秘密。
厌世者的绣像已成为春之旗帜。
仿佛，所谓厌倦不因为熟悉，所谓爱好也
不由于亲切。有孤燕在海边沉落，天空竟烧红了脊背。
私语的不仅荷花。淘气的也不只你我。

我心中有大宽容。
尽可以不去懂得，那神谕一样无端
而晦涩的话语；尽可以理解一千次失约。
像这座高山的宽广的脊梁还未被折断，还在阵痛，
竟可以相信第一千种表达。

我心中确乎有大幸福。
如同身披彩虹，如同亲御鸾舆。
在大风中的片金时光，不知被哪一块石子绊住。
我不愿意返回是因为地铁的吵闹声中会听不见我的爱人
在暗地里弹奏金琴我听不见了因为

我心中有大平静。
仿佛从一开始就知晓，仿佛我一开始就已
站在了所有事情的结束。仿佛早上才开的白玉兰现在正

静静地凋落，静静地失去。仿佛所有的
语言和时间，都在仿佛之间。

而我心中有大痛恨。
来来往往的人偶们在忙着做着各种生意，
谎言何以作为一剂良药在市民间广泛流传呢？大家贩卖
丝帛一样贩卖智慧，贩卖瓜果一样贩卖爱情。

我心中确有大悲戚。
片片红花洒落如雨，如血一样的雨。
再呕也呕不出更多的东西，再也呕不出
更多的血一样的比桃花还大还艳丽的东西。又何必立定
发懵？
明日即将清明。

巨 人

对软弱的灵魂说不，对阻挡说不，
尘土里生出父亲，尘土里生出母亲，
雨水冲刷他们的脊梁，
相互触碰的带电的肢体，柔软的肢体，
在空气中跳舞，在变幻莫测的雨绳间跳舞。

濡湿的岩石没有影子，

濡湿的青草对界限说不,
父亲和母亲,双手抓住溶解的天空,
双脚掠过大地与岛屿,
直到踩入厚实的、生死轮回的泥土。

雨水里生出母亲,雨水里生出父亲,
褐色的身体布满神秘的空间,
他们的灵魂对饥饿说不,
他们环抱多鱼的海峡和肥美的耕田,
环抱城邦、文明如巨大透明的茧。

细长的眼睛对审判说不,
高挑的额角对泛滥说不,
他们绵长的记忆如时间,伞状花絮的时间,
虎踞蛇行的时间,蓬勃仓促的时间,
他们的儿女无穷无尽,都是时间里的茎块,
时间里的种子。

赤裸的泳者对守护说不,
跳跃的元素对停息说不,
他们身体的盐,瞬息变作春雨,瞬息又变作闪电,
他们参与一切微小与宏大的过程,
在物与灵的神话中留下印痕。

他们内在一切又独立于一切,

听倦了人间的声音,便倾听宇宙的声音。
他们是自己的祭司,自己的异教偶像,
手捧光洁的万千水渠,其中的一些美得异常,
他们自成庄严的仪式。

范雪的诗

模　拟

在淮蚌平原我自学了用一小杯酒睡着。
你的音色，我又翻出许多歌，
是啊，尾音划开小提琴弦上寂寞的
爱的洋流。我为什么天天地看你呢？

过年的时间震落许多白垩粉，
酒的石榴红色太成熟了，炖出我
总是一道典型的南方佳肴。
每日天色偏淡，是向往简单吗？

你帮我模拟出一些不怎么实在的情绪，
因为生活多么多么和谐，
可好多名词，其实是一回事。

浮动这一带的地形，我还这么坐着，
跟海水一样咸的歌和红酒混在一起，
人们是否把很多事都盼望是过渡。

善　良

二斤青海羊排
一棵德清白菜
炖在一块儿，蜜色清甜

我低头回想忘不了的是什么
你神色里有古时候良渚的风
分别吹拂了江南五千年，谁最善良

2020年夏天，萱草在浓荫里怒放
我眼里你像盛夏一样忙碌
一生是忙碌，所以简洁

简洁让人看上去善良
善良对面，我也愿为它的来由忠诚祈祷
尽管世间的风，吹得更劲

感　时

季冬披着阳光的鸟鸣里有一缕世外桃源，
感觉从来兀自跌宕，从来物喜己悲，

天将绵雨，雨从东来？从西来？从南来？从北来？
盲摸气候的边缘。
一个狭长的平原上会有这般融融冬日，
花应地气开在路绝时的园口，
花色如团，朱辉散射，洒遍金色的下午。
有人说这物事自在的细细纹路最动人，
你也观看到红褐萼、并生花、万蕊鹅粉，
是啊，温暖的肺不会骗人，
斯文缓慢往复环园的老人不会骗人，
疏淡的天际里有清朗的气味。
可你又一次恐惧美好中的相物，
又一次想也不想欣赏那些好话。
气氛迷醉，
在度过瘴雨蛮烟后，
景物有几分人家，有若干男耕女织，
反映出明亮的一段平坦的道路。

李琬的诗

自　然

或许辽阔的国土
也会在四十平米的房间展现,
它此时是沙土。
窗外的色调,正渐渐融入梦中的末世,
把困厄分配进每一个账单。

许多珍宝在大地上失去主人,
无人继承。
日历翻动着,众多面孔
被画面里雷同的微笑涂抹。

你环视房间,理解了
熟悉和亲切,也意味着漠视、损耗和麻木。
心灵所需要的一切,都萦绕于此,如此稀少。

想到生命在枯萎,别无他法。
也许多年后,他们会发现珍珠,
在粗厚的废料和众多过时装饰下面,
藏着值得一提的事物。

那就是一切挣扎的核心。

或许以凹陷存在：枕头的中央，
木头的印痕，烟缸的凹槽，
因为脂肪而露出小坑的身体部位。

仿佛证明主人和万物的联系，
触痕与质地的联系。
这沉默紧紧地积聚、皱缩，只是在外面，
在他人的门槛前伸展。
在爱人的凝视前结晶。

无论在哪里，或如何迁移，
你都携带着它，比财产更持久的
四十平米的沙土。

就像我们对自己所做的那样，
就像时代对回忆所做的那样。
喧哗会被喧哗替代，
而沉寂终究得到了保存。

引　力

城市依旧是灰色的，但这并不妨碍世界
在某处蜕变为橙色和红色，
变成它自己的秋天。

狼群正跨越国土边界——它们所没有的边界，
皮毛上凝聚起水珠。

我忽然看到雨水也无法遮挡的明亮，
层层叠叠地落在心爱的物件之上。

物件、食物，可以吃掉的夜晚，可以磨碎的早晨。
我等到了友爱的到来。你澄澈的词
抹去我皮肤上的尘土。

这些蜡烛在我们之间的空隙里燃烧，
如果不经过它们，
我无法感觉到任何事物的压痕。
针叶与阔叶落在万物表面的压痕。
捕兽夹合上的一瞬。

寒季正穿上丝绒鞋靠近，把我们拉回屋子里，
拥挤的寂静和空旷。

我们还有同一幢屋子，或许我们的思绪像是一些
厌氧生物，更喜欢在并非思考，而是沉迷和遗忘时
聚合，依赖彼此。

在黑暗中传递那些一开始

不起眼的预兆,分摊沉默的重压。

一个人邀请我读他悄悄动身的创作。
一个人在劳动中,把他周身的苛刻变成宽厚。
还有一个人让我看见,正直永远包含
对卑微的理解。

即便遥远,我也能感觉到这些星座在微凉的空气中升起,
确认他们坚固的归属。
夏天的淤泥和植被离我而去,
总是更加轻盈的部分残留。

我开始明白,物件也只是我们能量核心的反射。
我想要热烈地爱那平和的人,
想要平淡地爱那热烈的人。

当我们深深陷入石头,
并不总是感到肌肉的痛苦。
世界不再淤塞,而是流淌进来,附着全部疲倦的意义。

在它们吸附着的中心,强大的引力闪烁,
我们只有很少的时候
真的来到这引力中间。

三　姐

远在南国的三姐祝我生日快乐，
跟我说在他乡离了亲人，一定
照顾自己，我说仍能感到家人温暖，
仍可以通过一个孤立的夜晚
回忆你火焰般的绯红衬衫、长裙。
成年的我身量也和你相似，
却再没有那样的阳光供我穿在身上，
像一只手曾领我绕过虫豸的尸体，
认识蔷薇或众多碎片聚集的气味。
你在四十岁上又添了小女儿，我说
三姐好福气，你确实满意，世界
从最后恪守清洁的乡野转变为忙碌的一隅，
种子包蕴的生长，从未变为理解的狭隘。
我这个做小姨的有些惭愧，
侄儿拉的小提琴我只听过两天，
也没记住过他们生日。
我羡慕你和姐夫，结婚十六载
还能在餐厅投身游戏，用深吻换得好食物，
你也不在意那些微小的错音，
这是你一贯的美德：宽容体谅，从不首先
计较自己的得失，把儿女和丈夫

当做人间的礼物。想到这里,我又反常地
思念起你低柔的嗓音,雨后天晴的平原落日,
你拂去座椅上的水滴,带我见识非同寻常的
树林,万事闪耀野兔绒毛般的白光。
其实完成这些并不费力,少女拒绝听从,
但也学会了削梨子、忍耐孤寂、节制地同情。
父母身体尚佳,你不必担心,他们刚刚问起
我的学费、定金,一边搜索英镑汇率,
我琢磨着腾出一些空闲打理
还未出手的旧书、旧首饰,省下买衣的钱
坐车,去你早已熟悉的站台看一看
那些太近了的、我还不太理解的生息之地。

舞 曲

并非图像之间的坦途,
但某个姿态就能将记忆打捞。
你手中的声响能轻轻分离
那些原本混沌的时间。
冬日将记起我,坐在床沿,
高楼幽冷微光照耀鞋尖,
抚平被单的动作犹如试探的缓慢。

我起身点火又坐下,惊异于

你昏暗的眼睛,起伏如丛草的鼻息。
看这些水纹般的玻璃,壁柜上的尘埃,
将有巨大的光明依次穿过
浮雕花纹、镍铜勺头,诸多器皿
在你的阴影中破碎、至于极致,
仿佛维特鲁威人的双臂,
成毁一瞬的神殿为寒夜永久维系。

快要睡去时,唯独一只冰冷裸膝
如鹤嘴锄,发掘你背部的那不勒斯。
那些训练过的、带着汗水和少量偏差的马匹
长成更加准确的重音,
标记我体内喑哑的、几近昏迷的雪。

转　场

她思索着这些升高的烟,
肢体间乍现的静电,
像蝙蝠贴着狭窄的天花板打转。
城市的汗毛对她关闭,
油脂滚沸的声音带她穿过
玻璃上变浓的白雾。
一个古老的傍晚,
时间像茶盅一样晃动,

直到颈部的风在谷底停息,
黑影便开始代替她
触摸相互折返的大陆,
朋友送的柿子在桌面上,
还不够软,亦不像劳申伯格,
漂浮的一两朵在睡眠中更为冷涩、固定,
希望它是最精华的部分
如我们对爱的幻想,
希望通过它理解再次陌生起来的
鼾声,或白天看到的
一个蹲在地铁出口的穷人,为所有人
在地面书写,那些越来越少的事物。

秋日图书馆

一对情侣的吻
悄悄碰落上世纪的灰尘。
你别过身去,听见纸张轻咳
而时间的黑色脊背纹丝不动。

它们整齐,像庄重的丧礼
纷纷挑选着客人。
在它们膝头,人们仿佛
埋头汲水的鸟,却看不见水中

秋叶般的页码在前额闪烁。

你读到的每一行都崭新，且与身旁
不断借阅的孤本无关。
窗外，由银杏烫金的天空
寒风吹开身体
大地也不能将它合上。

病　中

寒冷寻找寒冷，迅速啮合
把你的身体镶嵌在空气里。
你蜷曲如画中孤儿，可以嗅出窗边
长寿花握紧了冬天那预言般的手指。

这时，你开始抱不住自己
就像磁铁突然找不到那些咳嗽的针。
骨头间陡然弥漫起一种
老朋友的争吵，尖刻、精确

你尴尬地坐在其中，于是窗外
世界继续熄灭，街灯投下的暗光
如杯沿上即将消失的，细细的盐。
大地不断落回星座画出的十字阴影。

仿佛，正有另一个自己叩门，要与你对饮
一场久违的昏暗。仿佛她抚育了这个
母亲忘了说起的时刻：你在你明亮的上铺
醒于脐带般陌生的疾病中。

月　历

一群野鸭。过去的十一个月游出视线。
观光客和情侣的背部组成迷宫。我们穿过它
向大地的边缘敞开——

未名湖表面，无数蓝色的手指放下落日的烛台
用枯木那脱落的琴键弹奏。
一颗昏暗的心脏，再次因遗忘而明澈。

更为困难的，是在任何一种构图中
确立孤独：太多，但太琐碎。
比如现在，天空眯起眼睛检查我们
我们共同的诚实，像一个溺水的人
攀住彼此，那危险的圆木……

在挣扎的间隙，我们也用几秒，想起
从未写出的完美；想起还从未刺破的

即将冻结的湖——在那里，该如何用我们身体的冰屑
称量一批全新的黑暗？

伴　侣

今天：这么冷。
我们悬空的双影像皇陵中一对礼器
被尘土击散。

站在颤抖的枝头，我猜
北京城是一只倾斜的铁盒。
有人不经意打开它生锈的边沿
里面，阳光如孩童收藏的古代钱币
仍滚动着我们衔去的清脆回声。

亲爱，我也曾看着不会冻僵的时间
在你漆黑的瞳孔中闭合、打开。

今天：我要独自收起脚趾
从一棵松树失眠的瘦骨间
测量梦境的体温。

白尔的诗

午日餐厅

快乐的事变得具体:饭食、咖啡和诗歌。
有时,我气嘟嘟地抱怨美式咖啡,
廉价不能赎买浓度偏上的褐色饮品,
但我多么确信未来,隔壁有人翻阅我的诗。

我是初夏在街边走动的人,目光坚定,
手中攥着轻轻的纸张,但却没有意义,
我走路,没有目的,身体健硕发出光芒,
没有更多的隐喻,我服输于时间的形状。

夏朵、星光咖啡馆或者玻璃门上的铃铛,
我因此在桌前,认领遗失在空中的句子,
皓首穷经的训练,让心脏在跳动中归顺,
我不是和时间战斗,而是为了春花的味道。

少年的事,变得暗淡起来,再也无法追寻,
我喜欢在遗忘之中遗忘,留不下蜗牛的水痕,
只剩下此刻,跳舞的、出发的、忘却的时刻,
现在就是全部的哲学,现在就是过去和未来。

六月的结局

"为什么隐藏在大水之上的云端
　窥视我,让我接近生命的极限?"
　　　　　　——戈麦《陌生的主》

小餐馆的四台风扇,左右吹拂胳膊,
蛋糕店的红丝绒慕斯,甜而阻挡滑坡,
公交车里刚上来的小男孩,头发湿透,
水果店的员工穿着拖鞋大裤衩切西瓜,

我在图书馆阅读乔伊斯,明白街道,
大大小小走过的行人,多少意义和爱,
拉康的精神分析,也变成我的朋友,
五角场拥挤的上站、下站,人群涌动,

我吃下三颗芒果,就像拥有三颗星星,
它们滚下我的肠道,让我不去想命题,
戈麦,如果你吃下妻子每天的鲜鱼汤,
会不会在这个世界上停留得更久一点?

当人们拿食物、颜色、风来劝诫我,
就像我用概括的名词对你讲话一样,

是知识和思考把你推向生命的边缘，
如果你停止追问，线头就会解开。

世界就是这么荒谬，为什么注目它呢？
如果你接受破碎，并试着对上帝讲话呢？
兰波、狄金森、塞林格、海子，你和我，
如果我们让万物和写作一样平等呢？

碎掉又如何？谁的生命不曾分有无限？

消失的窗外

当我陷入沙发的天鹅绒，鸽子飞入窗台，
在冬天里仅存的绿色植物前跳跃。阳光，
它穿着黑色羽领围巾，菱形脚趾踩泥土，
窗帘低垂，遮住部分心肺，他们在消失。

多肉，冬季玫瑰，月季的枝蔓，餐桌水，
水果餐盘，半低温取暖器，温水的火炉。
众多物质没有取走我的核心，我手交叠，
看着幕布前的他们，像牛奶脱脂般换骨。

一个，再次，消失不见，和秒针同步走，
和一阵风，卸妆的舞台序曲，一同搅拌，

然后留下空洞的巢穴,嗓音苍白地垂落,
像是雷阵雨天,人群中远去背影的花朵。

愿你更远成为天边云、海中月,你想的。
而我跳跃成鸽子,在阳台上寻觅早午餐,
雾之中的风景,模糊,露水滴在领子上,
我坐在沙发上,感觉窗外正在销声匿迹。

写作的神

今晚,"写作的神降临我身上",
不,第一句主宾需要交换核心,
"神令写作降临在我身上"。
走丢了很久,我忘记夜色是黑的。

今晚,我像佩索阿一样写下很多诗,
写下大街和围墙,写下高尚与卑微,
我将重新被召唤成一个孩童,
在源源不断的溪水旁,歇息饮水。

一匹马背走我对森林的想象力,
荆棘让我皮肤流血、让我眼盲。
现在不得不跨出这步,真理应明晰,
"不能逃离,灾难也是你的一部分"。

我不想躲闪,成一个人类的精灵,
站起来,面对所有利剑开口说话,
喊声穿透云层,抵达森林和高山,
我的影子,要和天地一样平等。

很早以前

很早以前,我就喜欢老人的东西,
碎花、手镯、围裙、美加净……
事物里有缓慢的光,沉着的鼻息,
她们坦然地接受任何一种黑暗。

很早以前我就想长大成人,
闪光鞋子、咖啡店、飞行和口红,
我并没有趋向,因为虚空侵蚀,
或者说一切光源并不宠幸我。

很早以前我就想快些变老,
再也没有不确定的,我稳定自如,
没有那些爱与离去,没有疼痛,
我只需要等待一个单向度的告别。

我将在一个老旧的房子里写诗,
离开大海后,我又一次沉潜:

珊瑚、珍珠、城堡、美人鱼……
我可以闭目,远离每一种人世。

愿你更爱别人

我看着我离开的窠臼,它朝世界敞开,
里面生长出新的羽翼,口唇鲜明饱满。
缓慢,你不拒绝我,而让时间填充,
于是我们的分离是茉莉香,痛苦清淡。

新的主人拍打翅膀,像麻雀一样跳跃,
我不曾爱过你,因此没有涌起悲伤。
更早地和你——文艺理论家分道扬镳,
无法收到你的婚柬,向你献上美丽贺词。

我比你更长久,因为我写下这首诗歌,
你比巴尔更幸运,可以让我得知结局。
你比巴尔更愚蠢,因为你信奉平均人类,
你更像我明亮的朋友,界限隐秘地清白。

你的妻子一定年轻、漂亮,饱读文学理论,
会在春天站在树下,穿着棕色布裙。
你和她彼此拥抱、接吻,摩擦肩膀,
花朵从树枝缓慢落下,定下你们的鱼尾纹。

安子瑜的诗

种田人

我们生发
我们犁地
泥土只提供赤裸的灵魂
和烧焦的皮囊
穿戴的顺序
自早起时便不再详细

只想着把属于今天的
紧紧地拴在生锈的拇指间
"走路的人带不走
用脚哭泣的影子"
影子被看见时
才通向人
他们站立的地方
只有光
没有看见
太刺眼的光，与羞赧的土地
人，凭数量织成的一件地衣

眸

那是远古唤过的
一座荒城
肃然地起身　在
破碎的、天空的巨眼里

从前城上的故事
只剩下一个扫雪的人
蜷在枯叶里
头
枕在风干的隘口
他打开的窗子
流不出鸣沙的小丘

他通向这里：
通向
曾经湿润的
落彩色雨的眼底
一滴泪
舀一勺白色的月光
直到把人
这狭窄的空壳

舀净
再丢回
亘古的大海里

他就这样看着
被封闭在看的
历史中
揉眼睛的星星已然错过
大海的干涸：
鱼住到树底
日子又迁走了一户人家

吊古战场

早生于一副盔甲的土
系在腰上
等骨子里的土长上来
树顶生长缨的果肉飘着
烈烈地挡过风眼
一直向里的黑鸟折了
折得很突然
折在没膝深的喉咙里
折掉苍空的雪地

谢笠知的诗

短　歌

1

这么多年，你终于知道
绽放即热爱。把纯洁举往高处，
你才理解为什么
花朵和天空要互相赞美。

2

它的完成是个秘密：
当话语的蜜蜂飞翔着，
像甜蜜的风暴，将我们之间的
空间一次又一次地更新。

3

确实，你曾惊讶于
你起飞的一瞬，像春天
猛地向一个目光倾斜，
并释放出激越的芳香。

4

你仍然相信有扇门

一旦打开，群山就会奔腾而至。
这不是意象，而是创造
赋予的某种生活。

5

一切都在流动，
但你是我的中心。
这意味着，我被打开时，
是一朵白云正裹着另一朵，

6

它们用强烈的线条
临摹你的身体：
雷阵雨往小巷倾泻，
平原在爱的时刻微微震颤。

7

与风暴相关的也与
你我相关，或者说
盛大的倾诉与命运的突然显现相关。
这样，痛苦安于它的限度。

珍　珠

夏天，你瘦下去的身子
让我心疼。你那么小，像一根纤嫩的茎。
眼睛纯洁得仿佛一切事物
可以拥抱你。茶花可以，香樟树可以，
叭儿狗、蓝喜鹊，甚至蛇都可以。
我多么想保护你，我的孩子，
当你在我怀中，像藤抽出的细芽，
我感到我是整个世界
和它的对抗者。可我并不胜任。
你的信赖，加深了我对自身的失望
——为什么我不总是柔和的风、海浪？
不总是欢笑的带小金鱼的池塘？
有时候，我也不明白，
我做了什么，值得你这么爱我？
每天晚上，你翻身寻找，仿佛我的手
是会哼歌的花瓣，会发光的鸟巢，是你喜爱的
绿蟋蟀——然后，你在梦里，笑出声来。

九华山后山之花台

是尽头、断崖,
是云雾变幻的深渊。
好几次,靠近它的边缘
都感到过于疯狂。

难道不是花?升腾,绽放,
用最柔润的手指挽留你。
为了迅速地消散——
哦,虚无之境,是诱惑也是拒绝!

"你站在山坡……"

你站在山坡,样子像十七岁,
轻声说:爱呀,是竹林里飞窜的蛇影。
你更喜欢成熟的果实,稻谷的芳香,
它们像一个吻,有饱满的形状。
你赞美:云的呼声让山颠的阳光久久震颤。
后来,你那么难过,说如果我不爱你,
你要像一场暴雨刮过天空。
我知道再没有泪水会把你

举得那么高——
再没有隔开我们的比这更非凡
更坚定的空间。

一朵白云

早上，送孩子去幼儿园后，
接着洗碗筷、擦地板、腌雪利鱼，
到午饭前，才得会儿空，
坐摇椅上看窗外：风实在太大了，
刮得刚冒芽的杨树
左右摇。玉兰含苞，提心吊胆地颤动着。
在一阵接一阵的呼啸声里，
纸片、枯叶、塑料袋和灰尘
沿各家院子起落飞舞。

我庆幸可以待在屋里，
和它们保持距离。
就像那稳定而明澈的阳光
在上方，在屋顶和蓝天深处。
白云被照透，从我窗前缓缓飘过。
约两分钟，每朵云出现、变幻，
然后从我视野里消失。这个过程，
有的改变形状，但没被吹散，

有的周围一圈被扯得
稀松凌乱，有的整个四分五散，
被撕成一缕缕，飞过去。但有一朵云，
始终保持完整。它从左边天空靠近，
极缓慢地向前移动。那时，
没有其他云，只有碧蓝的天映着它：
像一头鲸，大而白的身躯，
闪亮、年轻，头和腹部下方，
有浅灰色阴影。分叉的尾高翘着，
线条清晰优美。它全身蓬松，
但边收得很紧，仔细看，才能分辨出
毛茸茸的线头般的小分叉。几乎看不出
它在动。它从容、谨慎，
抵抗着四面八方的撕扯，
它抓紧自己：这轻逸的偶然的形体。
——似乎是一种趋于极限的爱
灌注虚空，长出血肉。
六分钟光景，它驶出一米五的航程，
但它继续在我脑海里，
在癫狂与混乱之上游弋着，
淡定而优雅。

它只伴我度过短暂的
闲空，然后是忙碌的一整个下午。
直到晚上，我拾完家务，

哄孩子睡着后，
躺在黑暗中，眼前又浮现那朵白云。
在静而暖的房间，
它一动不动，仍然优美、淡定。
我久久看着它。想到此刻它早已消散
了无踪迹。我突然感到应该是
蓝天后面绝对的黑暗，
这空无，是渗透在它每一根
棉丝般纤细的神经里，
那激烈的恐惧，让它抓紧自己，
保持完整。让它充满力量，越过狂风。
这么想着时，我疲乏、
放松的身体又紧绷起来。
于是，我闭上眼，
想让自己休息。
但感觉它仍在，并无声地飘到
我的头上方，像一盏被熄灭的灯，
悬着，等待着……

闪　电

1

要有乌云，饱含水的空气，

和一个等待着的，咬紧牙关的时刻。
要缓慢推进、加速，然后
猛地在体内完成一声叫喊。
此时，伤口闪耀着，
被撕裂的天空，一次又一次死去。

2

你的意志是真相的意志，
要更深、更深去看见，
直到把世界变成明亮的深渊。
花睁大眼睛，
而蚂蚁把它们紧紧闭上。
真相：一块在头顶滚动的巨石，
被吞咽，消化。
之后，天空站起来，
浑身长满温柔、悲悯的手指。

3

在你力量的顶点，
可以一棍子把人打进土里，
也可以于瞬间让利剑穿透心脏。
这力量来自两片
轻盈、易逝的肉体。
当它们想快速、深深地进入彼此，
毁灭的强光握住它们。

4

你激烈而纯粹,
要和混沌作尖锐的对比。
像你这样的瞬间,
只能是时间的异端。
当时间作为堕落的一种形式,
你是从它身上叛逃的
一次深呼吸——
像朵洁白的昙花,
开在我窗前。

5

你是光的大暴动,
也是启示性的隐秘知识。
它们有承诺飞翔的出口
诱惑我。当我跪着,在黑暗中,
像个诺斯替教徒,
我感到我跨过了自己。
这情形就像流水顿悟
它的恐惧不可能被
任何物体抑制,于是,
不断向前,进入一种循环中。

赵汗青的诗

遥寄纳兰容若

十四岁——曾经,我也拥有这个,即使在大清朝
都可以做表妹的年纪。抚过书架,小妹的指尖
蹑手蹑脚,像提裙走过一座春溪上的桥
岸边,绿竹猗猗的表哥在书脊上
随风低头。他姓名清秀,朗诵起来
比佩环叮咚

纳兰容若,纳兰——容若。我已在舌尖沏好了茶
只等你,把香甜的字泡进去。四字小令
打开,就是一把江南纸伞,在酥油油的雨季
入口即化。一天天,你是我茶杯里的
少女时代。你佐餐,你伴读,你是
草长莺飞的马卡龙。每一次,我揭起书页
清香的心跳都像在揭你
乳白色的盖头

公子,和你一样
我也常梦进那多舛的回廊。空气中吹满
雾化的山桃,你执书,垂着头,犯困的时候
就和月色一样朦胧。侍坐久了
我已然在你的影子里长成了

一个熟练于赌书泼茶的晴雯。每一天的晨光
都在减损我,我要削瘦成一把
自己撕碎的扇子,插足你的生死簿

推开雨,推开风,推开你对襟的衣橱
我看到,你多情的灵魂陈列其中
一樽樽多云转雪的冰裂纹。
早慧的眼泪,一滴滴
启蒙我的晚熟:做诗人,要守身如
玉楼宴罢醉和春。师从鸟鸣,与马蹄
牙牙学语不惊人死不休

生命离开你是如此自然。自然得
就像头发离开我。我挑灯望着你
回到天上,像羽毛回到翅膀。原来,
十四岁的世界比四岁的世界还要娇嫩。
因为你,因为你水果般的哀愁。夏日溽漫
我常以此解渴。吞咽时
卷舌的动作像在默念:
"纳兰容若。"

二十四个春分

鸟鸣到四分之一时
正好让春归,停在中途和穷途之间
晴光与翠色
在小楼迟眠地串通
预谋分别攻占窗台和江山
以水与草的姿态

溶溶,暮色被最后的朔风吹向南方
芊芊。垂帘芊芊,无风时,就像风一样葱茏
菀菀,而垂柳的芳名都委于前夕
绵绵,多雪的山峰与未落雨的河
都在一个东方星历的春天里

然云杉刺破一场春晓
高云飘曳作朵朵花腔
书案沉睡,便如樽前
昼夜分野,成一幕黑白的黄金时代

黄金时代的云雀息我庭柯
黄金时代的拥抱念子实多
黄金时代的羽毛,落入春分日的经线

就是落入了永恒
游丝万里的折痕

云开月隐，宜在五月杳渺的落花里歌唱
"真爱不死"
目送挽歌的背影，用落山的姿势走向日出
转身听一丛丛的爱人，远走如
剧院散场后依然演奏的乐章

泸州小野猫

第一次，你灵巧地从
比我更低的空气中溜过
我突然想捉住你问问：这里的氧气
是不是比我能闻到的
更甜？再次见到你时，我感到
灵巧这个词在你面前都
笨蹄笨爪——它该长出驱蚊扑蝶的尾巴
有着喵喵叫的读音，再盖上一个
尖耳朵、蘑菇头的笔帽

当阳光慷慨如自助餐时，你端着瓷盘
从我身旁曳过。上面是：
酸辣猫薄荷、泡椒生骨肉和

不限量的麻婆猫条。你说你怕生,只在
熟人面前,露出白肚皮。更多时候
你喜欢在人群里蜷着
或者在诗歌里"绻"着,舔舐一个个
柔软的绞丝旁

一直没告诉你:我酷爱甜食。那些
软糯的茉香的Q弹的
美,常年在我齿牙间
奔袭如山东快板。所以,我垂涎你的笔名
觉得它该如两颗薏仁,缓慢磨蹭
四月的暖。我把它拈进胃里,让记忆的耳垂
同它清香的鬓角厮磨

女娲抟土造人,再抟酒糟
造小野猫。你的才华是比馥郁
更简笔的酒香,引得缪斯都放下梳子
蹲地来挠你刚摘下
伊丽莎白圈的下巴。你满意地打了个滚
从她转向我。而我则会心地掏出诗歌——你
最包浆的逗猫棒

桉予的诗

太平洋

九岁的
香港男孩
在直播间
给我看

他家的
破窗户
透过缝隙
我隐约可见
一点点海水

壁纸
撕掉的
一角

过　道

我是在哪里
离你只有十米
一米

一厘米的
握手还差拥抱
该死的过道
在这里
我和你失之交臂

北京西站

路过了我们
一起走过的地方
奔波的行人每个
让我想起你
抱着红酒一袋子
跑来，就像
我们往火车站
赶下一班列车

高欣的诗

秋　天

秋天站着，穿着灯罩一样的衣服
摸不到灯在哪里
秋天说话，发出地下室一般的声音
一个男人偷喝了水缸的水
秋天抽烟，在树林间落下冰糖
枫叶也有些没有烫好
秋天看我，像看一个在家门口玩耍的小孩
差点吞掉玻璃弹珠

秋天会来，我在六月二十八号就知道
一百个人一起拽它
也不肯住进大房子

秋天不凶，但它想什么没有人知道
很远的海洋想问候很远的海洋
就往秋天里放一只鸟

取暖入门

我用无数悬置的黎明
想　如何替代
没有的东西　恰好都不唯一

对于没有经过的事
原来真会毫无见识
我还以为想象可以到达任何
平静忍耐的尽头
我捡起你的遗体穿在身上
然后把所有牙齿
镀上单面的金色

原来我的眼睛并不能预知双手
也不知道　神的双手有降临
我算过　至一分一厘
测算过我的力气
原来有的东西　到底
还是要等待别人给你
无边延长的冬季
如果太阳就是不来
无论紧裹多少衣服　还是
冷

欧阳炽玉的诗

在星海相遇

在群星闪耀的夜晚
鸟兽咏唱的森林
遇见流泪的旅人
燃烧着生命缓缓前行
我们迷惘的灵魂
看着他慢慢消失不见
是比冰原极光更美的风景
只有内疚能敲碎我们的心
只要沉寂
就能这样在乐土隐没

鸟

你从雨中走出
鞋跟尖锐地陷入泥土。
一只小鸟，竟被雷电击落
在你的脚前。

身躯散发着肉焦味，
一丝一丝

在湿润的空气飘散

风吹响巷子,吹冷
你的身体——
一股战栗的电流
将你和那只小鸟连接。

仿佛时间倒流——
你展开双翅,在灰亮的雨水里
滑入孤独者的歌声。

强　者

云朵之上还是云朵
云朵之下　是食腐动物的天堂

你满身伤痕
一无所有
在暴雨中哭泣　悔恨
抓住心脏的手　显示你的强大
一无所有　是你的弱小

一无所有　双腿脱力
从山的最高处
跌落

袁恬的诗

晨　景

明亮的一日始于
空气中凝聚的寂静
窗口颤动的碎凉
鱼群般涌进神经
事物倾斜以迷人的锐角

风擦亮了喜鹊
放大了玫瑰砰砰的心跳
玉兰努力钻出懒梦
流浪汉柔软的欠身背后
朝霞用大师手笔
把过往的人群抹匀

观　鸟

石块松动，棕土感到了膨胀
碧空中，我几乎认出
那曾将我的记忆衔去的水鸟
一个晴天，一个雨天，
接着又是晴天

雾霭缭绕，往事与童年叠放在枕边
如果它们不小心打开
带着绿色的意愿……
如果春归来
它也将重新观看自己
我会告诉你
春天明媚的核心
是鸟欣赏自己羽毛时眼中流露的光亮
它重新组织着世界
在季节的神秘往返里
在湖水漾蓝的前方
毫不费力地
它们已深谙了爱的艺术

健　忘

都说人是健忘的动物。
分别后，你渐渐忘了我是不是真心的，
也忘了自己爱不爱我，
这个结果最令人轻松。
记忆之链就是否定之否定之否定，
爱情最终必是误会一场。
当街景涂上阳光的奶油，
生活扣上幸福的纽扣，

追忆者成了白天里的笑话,
比一次性餐盘更轻,更空。
没有人对我们下毒,
我们也会给自己下毒,
在无数次的梦和醒之间,
失恋,失忆,失语,精神错乱。
比起"无",我宁愿做"短暂",
宁愿张大我的帆,
装满时间的风暴。

欧逸舟的诗

老　头

我迟早会变成这样的老头
醒得很早，喝一杯苦茶
茶由远方亲戚自己摘 自己炒
说不出什么味道
只知道比我还老

我迟早会变成这样的老头
和小狗在院子里一遍遍地遛
有一天告别了小狗，心痛得说不出话
泪都只流一半
第二年再抱一只，直到它也和我一样变成老头

我们在秋天一遍遍地走
冬日也不停下
天刚黑我就困了
睡眼昏花
我踩着凳子搬出厚厚的字典
读从前捡回来的叶子，一遍遍

我毕竟是个老头
做什么事，都是一遍遍

洁　净

香味什么的，在午后
轻易就能乱你的神
薰色的午后
云捏住光，雪捕住暖

柑橘的脸向着地心皱起来
天马所行之空
并非语词拼缀的阶梯
不然，我们去挖苔藓吧？你好像在说

那我们在多年前读到的词
那总是忘了喝水的多肉盆栽
长出新叶然后死去
被记起被忘却或长成一颗八岁的智齿

香味什么的，来自你
短促　简明　千里
难以识辨的花香，模棱两可的黄昏
一种博爱胸襟

多么遥远呵，多么虚伪

你那么洁净,一尘不染
香味,那个碎掉的肥皂泡出卖你
泛着彩虹光 笑得多开心

噼噼啪啪
像静置多年的薰衣草忽然怒放
仿佛整个白昼在夜里碎了满地
一切都会被镶入木框

这样好吗　你能
为我读一句诗吗？

郑依菁的诗

萤　火

浓密的草丛深处上升一团湿气
它渐渐向我移动而来

它微微发亮，来自萤火
像一只水母鼓塞着通过黑暗的雨天
它隐藏在湿气中
隐藏火，又让它更亮，又让它更冰冷
我的瞳孔跟随它缩小，凝成一点

一团湿气向我来了
我置身水中，我下沉如铅石
我的瞳孔失却了它

它游动于不可死亡的地方
它借助柔软的躯体行动，它没有边界
它的眼睛遍布四方，然而它并不看
扑哧的萤火似乎微小了
然而它并不熄灭

我听见体内的波涛声
于我并没有半点的安慰

我想刺破它的肌肤，拨开湿气

萤火勾破了黑暗
一团又一团

许莎莎的诗

小情诗
——回赠《未名湖》

我喜欢你的小眼睛,不嫌它小
它们像可爱的小湖,异常平静
我们也曾经在月夜的湖边散步
你的毛衣温暖,如森林里的大熊皮

呵呵,我知道表象太多
人生何必不能过得稀松平常
但不要紧,
我一定会好温柔好温柔地
把我们的日子排成一排红苹果

将来的某一天
我们一起在阳台闲聊,也许
那时秋风吹透身旁的白衬衫

春连的诗

无名曲

他必定恬淡，无害的
基因塑造他温良性格。
折回又折回，彻夜的失眠
成为他青年时的远方。
颠簸的车轮带他眺望山野，
水面映出一张美丽面庞，
温和，疲倦，做着交谈，
低低絮语，又似乎无从说起，
时而笑，时而哭泣，摇晃着步伐
穿过庭院。他再次起身，起身，向
下一个旋律，轻快滑步，过渡到
下个小节。抬起双眼，他审视
熔化的中年自己。断断续续，
节拍不连贯，轻抑，缠绵，重复，
哀伤。他把目光合上，以后
只剩沉默一种格调，就此过完一生。

李舒扬的诗

春天到了我太开心了

永恒是一朵花,而春风
是一匹马。每提到天长地久
就在天圆地方的酒杯里,丢一颗青梅
让时针也醉得踉踉跄跄,在盈蓝的表盘上一步
一个脚印,踩出许多云朵。云朵
是神的耳朵。绵软的耳廓,是一个好丈夫的标配
我扒着它,向里大喊:
春天,你这个没良心的
想了你这么久,你终于发春了。

香气断了线,比蜜蜂更会撒娇
只要我不发问,它就隐藏在万物里
在神的花名册里探头舒脑
桃花太不守妇道,可指望桃花戒掉满庭芳,就如指望
诗人
戒掉青山隐隐,指望舞者戒掉《点绛唇》

我是你的击鼓传花。我为自己的情史道歉
但不为自己的情书道歉:我爱你爱到
爱,也为之纷纷开且落
只好把"爱"这个字折成花,送给你。

我为自己的年轻道歉，但
不为自己的青春道歉。如此昂首挺胸地青春，
青春到，唯有春天是我不死的恋人。

龙雨的诗

小 雪

我们都像松香喜欢
三步并作两步,小雪
你出生在小雪
那一天,吹弹可破的十一月
白车轴草的山坡上,我的
腰部涨满潮水,你咯咯笑
踢跑了反光的绿松石

要跳房子,小雪
如果我更加洁净,用
飘扬的身体,和你赛跑到时间的另一端
不需要回头,等待
狐疑和疲倦的我们
如果黄昏,唯一的生母
捎走咸湿的衣裳,小雪

我多想对你说,我们到了。
像风一样,站在
纸帆船的结尾,回想起
苍老的手为我们折叠的时刻
我们三步并作两步,险些

掉进流淌的河中
小雪，愿你不会悔恨

步履匆忙，借一个十一月
移动另一个十一月
伏入浓荫寻找四叶的幸运草
换了另一片月华，和你
相似的无辜，相似的
白色。她跑得太远，便停下来
怯怯地回头张望

望见我们，倒映幼弱而且自由的
年青灵魂，在皱痕遍布的脸上
淡淡地漂浮。小雪
她喜欢三步并作两步，像
松香，像迭代的命理，不一阵
微微发汗的早晨，她
转过身，稍有迟疑

倪湛舸的诗

落实思树

真正的圆是不存在的，在这个残缺的世界里。柳树被风吹拂，对面是开花的橡树，鹅黄的新芽与嫩绿的流苏就像是镜子两端的纹饰醒来，就像是被分割的左手与右手仍在遥相呼应。牵着手的人已经走散了，如果下雨那是因为圆形的瓮在鸣响，如果这圆是完美的，我那些死去的朋友就能循着远去的路回来，她们真的想要回来吗？牵挂就是撕开已经愈合的伤口，揭开这个残缺世界的面纱，那么遗忘呢？我试着在灾难之地种树，柳树和橡树每年都在沉睡后醒来，它们比人类更接近真理，它们的不完美能够被原谅。

乘虚登晨

如果不能拥有很多重人生，就像花瓣簇拥着花瓣那样，至少我可以尝试另一种声音，说什么并不重要，河上的流光无意倾诉什么，砂石渐渐覆盖雨后倒塌的树并不意味着有消息需要被传递，黑顶白腹的渡鸦从不搭理闯入它们世界里的人影。好吧，我们也该放弃无谓的交谈，我只是想要听见自己用不一样的声音抚慰自己，抚慰和训斥又有什么分别呢，我想要看见自己拾级而上渐渐远去的背影，如果灵魂可以出窍可以缓慢地移动，就像悬浮在雾中的灯那样，我对自己说：非人看灯灯看人。

星伴船明

我喜欢坐船的原因很简单，就像你记得本该被遗忘的前世，而她不厌其烦地出入一场场恋爱，波浪如此动荡却又单调得难以置信。是啊，我耗尽日夜只为跟随波浪起伏，可是舷窗外其实并没有什么改变，海还是海，水还是水，水上的鸟和水下的鱼即便交换位置又怎样。到岸之前，生活与死者都没有明确的形状，但我就是喜欢坐船，波浪每时每刻都在跳舞，波浪只是我们对无数瞬息变化的误解，波浪永远追逐不到的，是波浪。

皓腕凝霜

她学会了玩烟，其实她学会的是假装，假装上升的是她托起的，盘旋的是她指引的，溃散的是她放弃的，她也不过是命运的受害者，却假装在烟雾缭绕中跳舞。她搬去北方因为那里就连呼吸都有痕迹，她想要假装甚至无需点烟，有人祈求幸福就有人为苟活而满足，趴在冰面上喘息能够吐出白气，她伸出手指转着圈，等着圈里的太阳变成月亮而月亮长出挂满云母的犄角。

泛心论 ①

人之所以成为人，我之所以还是我，
所依赖的力量来自遗忘而非记忆。
我原本是会飞的，鹰的视野
就是我的视野，唯有蛇和昆虫察觉的
速度也曾属于我；我原本能听见次声与超声，
水域之外的波澜同样能涤荡顽石。

我的喜悦覆盖活着的和无机的存在，
它们原本就是彼此交织的缘分，
如同我的衣裳珍爱我的皮肤就是抚慰
它自己和我自己。我并不悲哀，
我无处不在也无所不知，被风吹灭的火
和闪着金光的露珠都是同一茎青草的灵魂。

我为什么要关闭那扇窗，世界
曾经是完整的，我切断摸索的双手，
用我正在摸索的双手。我诞生于断裂，
乘坐漫溢的光谱升入黑暗，

---

① 原标题为"Panpsychism"。

黑暗赋予我形状,孤独你好,我
遗忘的东西太多太杂,疼痛的身体又太微渺。

既视感 ①

我们去过的地方,都会从我们身上撕下一层薄片,
就像我们撕下墙上的日历,撕下洋葱的表皮。
我们越走越轻盈,把一片片自己留给去过的地方,

玉兰开放,驳船马达轰响,海风吹散信天翁的阵列,
我们全都是散落各地的剪纸,悬浮着繁衍,
如同谜底呼应谜面,保持着与空气一致的密度,

也保持着正在消散的身体的记忆。我们都在消散,
我们会因故地重游而迷惑,与自己脱落的片段交错
令血流减速而惆怅变缓变重。但这不可避免。

有时岩壁能吸取空中幻影,有时旋转木马害她们迷路,
世界就是这么拥挤,我们就是这样挥霍了生命。
我们死后会被烧成灰,散落各地的碎片却因此完整,

空气里人影憧憧,她们什么都记得,什么都不说。

---

① 原标题为法语"Déjà Vu"。

看……

她们在河边遇见搁浅的鱼,那是一条很大的鱼,有多大呢,每个人都展开双臂去比画。

孩子的怀抱像松弛的弓,力量尚在积蓄,凤凰花漂浮在树梢尚未飘落成鲜红发黑的地毯,道路坦白,奔跑的脚步叩响不存在的秘密之门。

成人的臂长约等于身高,所以她想说鱼就是我,或者我才是鱼学会了在没有水的空气里存活,我的血管里扎满了刺就像是花瓶里囚禁着无穷闪电。

白发的奶奶也在,她穿着蓝底碎花包身裙,她用树枝把鱼推回水里,侧躺的鱼贴在粼粼波纹上,同桥上路人失落的头巾一起漂向海洋。

她们也要去看海,所有流淌着的河流难道不都与海联通吗,所有安静或安静的鱼难道不都消失了吗……

听……

夏天是有声音的。橡树、白桦和悬铃木的叶子不再鲜嫩多汁,它们已经完全伸展,变得又硬又脆,从绿里透着灰,是风中晃动的铃鼓。

被断断续续的雨水喂养着,河水膨胀起来,流淌得低沉缓慢，不再是春天的轻快调子。

可是你们还没有听到山里的蝉鸣！只有在峡谷旁的密林里才有如此摄人心魄的合唱，也许那里只有三五只，三五十只，或是三五百只蝉，但那巨大的音波像是要直接推开天堂或是地狱之门。

我承认我害怕了，我逃回了山下的村落，时近深夜，天还没有黑，晚霞和极光是面容苍白眼神迷离的孪生姐妹。

我渐渐安静下来，听到自己在呼吸，这也是夏天在呼吸，我们彼此抚摸，在床榻旁撒落细碎的、黄白相间的荚蒾花。